Books can be renewed:
In person -- at any Cambridgeshire Library
By phone -- 0845 045 5225
Monday to Saturday – 8am-8pm
Online – www.cambridgeshire.gov.uk/library.

Cambridgeshire Libraries & Information Service
This book is due for return on or before the latest date shown
above, but may be renewed up to three times if the book is not
in demand. Ask at your local library for details.
Please note that charges are made on overdue books.

LIBRARY

MARCELO BIRMAJER

Historias de hombres casados

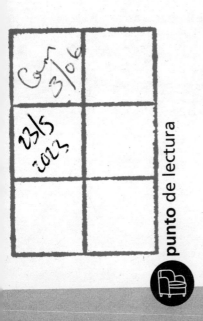
punto de lectura

Título: Historias de hombres casados
© 1999, Marcelo Birmajer
© Santillana Ediciones Generales, S.L.
© De esta edición: junio 2004, Suma de Letras, S.L.
Juan Bravo, 38. 28006 Madrid (España) www.puntodelectura.com

ISBN: 84-663-1289-7
Depósito legal: B-25.099-2004
Impreso en España – Printed in Spain

Diseño de cubierta: Ordaks
Fotografía de cubierta: © Stock Photos
Diseño de colección: Suma de Letras

Impreso por Litografía Rosés, S.A.

528 / 01

MARCELO BIRMAJER

Historias de hombres casados

Para José Padín

El cuadro

Cecilia y Julio habitaban una casa armónica. Muebles de caña, cortinas de bambú, un suave olor a sahumerios orientales. Todo lo que odio.

Julio era el escenógrafo de una obra teatral, con libro de mi autoría, estrenada hacía menos de un mes. Nos estaba yendo bien y Julio me invitó a cenar: conocería su casa y a su mujer.

Fui solo. A tono con la casa, Julio ofreció una comida oriental, hindú, para más datos, que me supo tan mal como la casa misma.

Aunque soy un devoto del chutney y de los sabores de las comidas orientales, los platos de Julio padecían de un exceso de colores; y los olores saturaban en lugar de invitar. Los amantes del hinduismo, como los amantes en general, siempre exageran.

Pese a que yo viviría en una obra en construcción antes que en una casa como ésa, debo aceptar que conformaba un estilo. Las cosas estaban en su sitio. Sólo un detalle hacía ruido: una pintura horrible colgada detrás de mí, en la pared posterior del comedor.

La vi ni bien entré y, como intuí que no me gustaría, le quité la vista de inmediato. No sé mentir y no quería iniciar mi visita con una mueca de desagrado. La cena se desarrolló con normalidad y me alegré de estar de espaldas al cuadro. De todos modos, segundo a segundo crecía en mí la alegre certeza de que no regresaría ni una vez más a ese dulce hogar, ni probaría otra vez el falso hinduismo de Julio, ni sentiría ese tufo a Ganges que me hacía difícil hasta respirar. La casa conspiraba contra todos mis sentidos.

Llegó el café, y el whisky. Nos levantamos.

Finalmente, uno es humano y los abismos nos atraen: giré y miré el cuadro. Era detestable.

Tres obreros mal dibujados alzaban sus puños contra un cielo negro. Todo al óleo. Un mazacote de pintura. Los obreros eran musculosos y de caras amargas, el clásico obrero que uno jamás ve por la calle. Sus alardes combativos eran aun más inexistentes, si cabe la expresión. Coincidían en la desafortunada ejecución del cuadro, la impericia y una incapacidad infantil.

Provocaba una mezcla de pena y repulsión.

—Es horrible —dijo Cecilia.

Giré asombrado. Por suerte había hablado antes de ver mi cara. No me gusta ser descortés. Prefiero cientos de veces la hipocresía.

—Lo colgué porque es de mi tío Rafael —agregó.

—Hay un cuento de un gran humorista israelí —dije—, Efraim Kishon, sobre una pareja que debe colgar un cuadro horrible que les ha regalado un tío, por temor a decepcionarlo si alguna vez los visita.

—Mi tío no lo regaló. Murió hace diez años. Lo mataron en Brasil.

Traté de armar un gesto que reflejara consternación.

—Lo mató la dictadura brasileña —agregó Julio.

Julio era de esas pobres personas que nunca han militado y envidian a los infelices que sí lo hicimos. Les atraen las historias de ese mundo al que no tuvieron acceso.

—Mi tío era un revolucionario romántico. Pero muy militante —dijo Cecilia—. En un bar o en una fábrica, no se dejaba pisar. Escribía, actuaba, pintaba. Este cuadro fue todo lo que pude encontrar en la pieza de la casa de mi abuela materna, donde él vivía antes de salir para Brasil. Una vez, cuando yo era chiquita, lo vi pintándolo, y dijo que cuando lo terminara me lo iba a regalar.

—¿Qué edad tenía tu tío? —pregunté.

—Cuando pintó este cuadro, treinta y cinco.

—¿Y vivía con la madre? —dije sin dejar traslucir sorpresa o burla.

—Era un hombre muy extraño.

Abandoné la conversación como un ladrón que deja sigilosamente una casa en la que no ha encontrado nada valioso. Pero Julio insistió aun un tramo más.

—El cuadro es verdaderamente horrible —dijo Julio—. Imagínate que hasta yo, que respeto tanto el pasado de Cecilia y sus afectos, dudé en dejar un cuadro tan feo a la vista. No es agradable entrar a casa y toparte con algo que no te gusta. Pero peor sería borrar el pasado.

El «pasado» y los «afectos» de Cecilia consistían en que había militado en la UES (la unión de estudiantes peronistas), dos meses antes del comienzo de la dictadura militar argentina. En ese entonces Cecilia acababa de cumplir catorce años; el destino había querido verla llegar hasta los treinta y cinco, y que compartiéramos aquella cena.

—¿En qué circunstancias murió tu tío? —pregunté.

—Parece que intentando cruzar la frontera con Uruguay. Ya lo estaban persiguiendo. Las noticias que nos llegaron dicen que le pegaron un balazo en la frente.

—¿Quiénes lo perseguían, y por qué? —inté armarme el cuadro; otro.

—Nunca quedó claro —dijo Cecilia—. Su práctica social era revulsiva en muchos aspectos.

Debo reconocer que Cecilia, si bien insoportable, tenía un cuerpo muy a contramano de la casa. No era de caña ni olía a sahumerio. Era el clásico físico de yegua desbocada: pechos suntuosos y grupa joven. Sabía caminar y resultaba difícil mirarla con decoro. Por suerte Julio no parecía celoso. Los escenógrafos están acostumbrados a que uno admire lo que ponen en escena.

Vivían a una cuadra de Santa Fe y Canning, y luego de despedirme caminé por Santa Fe pensando en las similitudes entre aquella cena y el cuento de Kishon. Era cerca de la una y media, y la avenida ya estaba tomada por los homosexuales masculinos que se buscaban unos a otros como luciérnagas. El cuerpo del tío nunca había aparecido, y quizá

Cecilia temía que alguna vez se presentara, o su fantasma, y le preguntara a su querida sobrina dónde había puesto el cuadro que él espontáneamente le había dedicado. El cuento humorístico se tornaba una anécdota siniestra. Sin embargo, yo estaba convencido de que tanto Cecilia como Julio gustaban de tener ese cuadro allí, que los comprometía de algún modo con una historia política que nunca habían vivido y los obligaba a narrar un drama atrapante.

Llegué a casa y me sumergí suavemente en la cama, intentando no despertar a Jimena. No lo logré.

—¿Estuvo buena la cena? —me preguntó.

—El clásico «jamás volveré» —dije—. Te salvaste.

Sonrió e inmediatamente regresó al mundo de los sueños. Yo permanecí algunos instantes despierto en el mundo de los muertos, en el de los engaños, en el de las vanidades humanas. Me dormí en todos ellos.

Vi a Julio a menudo mientras duró la obra. Él pasaba todas las noches a revisar cada una de sus creaciones. Yo muy cada tanto me daba una vuelta.

Como la obra fue un éxito y permaneció en cartel a lo largo del año, nos vimos una buena cantidad de veces. Debo reconocer que cada vez que lo veía recordaba las formas de su esposa, pero Julio era una buena persona. Me gustaba su don de gentes, su buen aspecto, su cordialidad.

¿Qué es una buena persona? Simplemente alguien que evita sufrimientos a los demás. Uno de esos escasos seres humanos que prefieren engañarnos antes que decirnos una palabra desagradable sobre nosotros mismos. Fui descubriéndolo de este modo en los sucesivos encuentros posteriores a aquella cena. Cierta noche, por ejemplo, nos encontramos en una pequeña sala al final de los camarines, detrás del escenario. Era el sitio donde se guardaba la utilería.

Julio y su ayudante, Osvaldo, restañaban la pintura de uno de los muebles de la obra, un armario de tergopol, que se había corrido por los golpes.

Julio me encontró en el pasillo. Me invitó a pasar a la salita y charlar con él mientras trabajaban. Había mate y ginebra. Acepté y bebí alternativamente.

—Hay gente más discreta que lo que corresponde —dijo Julio en un tono mesurado, algo distinto del que había utilizado en su casa.

Yo creo que Cecilia lo modificaba, lo obligaba tácitamente a fingir una cierta sofisticación.

—Fijáte acá: Osvaldo.

Me fijé en Osvaldo. Un gordito retacón, con la mirada huidiza y el pelo enrulado. Tenía ese algo de bonachón de todos los trabajadores manuales, especialmente los ayudantes de escenógrafos. Pero no levantaba la vista, como si mirar de frente a otro fuera ya un movimiento agresivo.

—Siempre quiso pintar. Lo conozco desde hace diez años. Y hace diez años que corrige objetos para obras teatrales, o aplica las manos de pintura en mis diseños. Pero no te hace un cuadro ni aunque se lo quieran comprar. No se anima. Tiene adoración por el arte. Fíjate el tío de mi mujer, Rafael. Vos sabés cuánto lo respeto como ser humano... pero ¿cómo se animó a pintar ese cuadro? ¿Por qué una persona pinta si no tiene ni idea de cómo se hace? ¿Por qué no se interrumpe cuando nota que lo que está haciendo es horrible? Quizá soy un esteticista insensible y no entiendo las razones políticas. ¿Quién sabe? Quizás es mejor un cuadro horrible que deja testimonio de un pasado político valioso, que un cuadro maravilloso sin una historia detrás.

Julio decía nuevamente estupideces, como si hablar de su casa ya lo intoxicara. Sin embargo, acabó su perorata con una frase auténtica:

—De todos modos, es una injusticia que cualquier temerario pinte un cuadro horrible; y quien se pasa la vida pintando, como Osvaldo, no se anime siquiera a intentar.

Nos despedimos y vi los rulos del cabizbajo Osvaldo agitándose al ritmo de su incesante trabajo.

La obra finalmente bajó de cartel (se repuso una buena cantidad de veces en sucesivas vacaciones de invierno) y yo cumplí mi promesa de no visitar más la casa de Cecilia y Julio.

No me hubiese desagradado encontrarme por casualidad con Cecilia: sé que ese tipo de mujeres, casadas con hombres como Julio, dan como resultado una esposa infiel, y ésa es una fuente en la que me gusta abrevar. También me alegré de que el destino no me hubiese presentado esa tentación.

Al que sí reencontré fue a Julio. Por casualidad, en el crudo invierno que se desató seis meses después de aquella función en la que nos habíamos visto por última vez.

Yo estaba sentado en un bar de la calle Corrientes, pensando en que por muchos años que pasaran desde que uno dejaba el cigarrillo, las ganas de fumar nunca se agotaban. Había entrado con urgencia para orinar y luego me había dado tanta pereza salir a la calle que, aunque detesto el grueso de los bares de esa avenida, permanecí tomando un café, infundiéndome ánimos antes de retornar a la estepa. Jimena me aguardaba en casa y saberlo me hacía dichoso. Me congratulaba por habernos mantenido juntos todo ese tiempo. Y entonces vi a Julio por la ventana.

Primero pensé que el frío lo achicaba, o que se comprimía para protegerse mejor del viento. Pero al mantener la mirada lo descubrí profundamente demacrado. Sí, estaba achicado. Como si su cuerpo hubiese sido trabajado por moderados reductores de cabezas. Llevaba sellada en la cara una mueca amarga muy distinta de la expresión fresca y, reconozcamos, algo estúpida, que yo le había conocido. Bajé la vista. No lo quería sentado a mi mesa en ese estado. No podía saber si estaba borracho, loco, o perseguido por la Justicia. No me gusta meterme en problemas.

Estaba muy mal vestido, y en sus pantalones claros podían verse manchas, incluso desde detrás de la ventana.

Cuando alcé la vista para ver si ya se había ido, descubrí que me miraba fijamente. Achicaba los ojos en un intento frenético por reconocerme.

Entró al bar y me llamó por mi nombre. Casi gritó. Algunos lo miraron, y yo rápidamente lo invité a sentarse en mi silla.

Me compadecí; en su tono de voz aún persistía, oculto pero vivo, el tesoro secreto de las buenas personas. Me hablaba de cerca y no sentí el alcohol en su aliento; eso me entristeció: una buena borrachera hubiera justificado más piadosamente su aspecto.

Julio metió la mano en el bolsillo interior de su saco negro que no combinaba con nada y extrajo un cigarrillo. El hombre de los muebles de caña y los sahumerios estaba totalmente desequilibrado y fumaba.

Qué poderoso es el amor al tabaco: cuando se llevó el pitillo a los labios y pegó la fuerte bocanada, sin importarme su apariencia lo envidié profundamente. Si no hubiese acabado en una tos estentórea, creo que le hubiese pedido uno.

—Me separé —dijo Julio.

Ni falta hacía que me lo dijera.

—¿Qué pasó?

Pegó otra bocanada y tosió.

—¿Por qué no lo dejás? —dije refiriéndome a ese cigarrillo en particular.

Julio sonrió irónicamente.

—Son sólo las primeras pitadas de cada uno —me dijo—. Después me acostumbro.

Pero siguió tosiendo a lo largo de todo el cigarrillo, despropósito que no sólo me irritó a mí sino al resto de los clientes del bar.

—¿Qué pasó? —repetí.

—Fue hace dos meses.

—¿Y en dos meses ya estás así? —exclamé sin poder contenerme.

—Ahora estoy mejor —dijo Julio—. Me hace bien fumar.

Otra calada y la consiguiente tos.

—El tío Rafael —dijo Julio—. El tío Rafael estaba vivo.

Me paré. No sé por qué. Pero no pude soportar escuchar eso sentado. Fue como un acto reflejo. Tuvo su beneficio: cuando estaba volviendo a sentarme, vi el cigarrillo de Julio apoyado en el cenicero de lata y aproveché para apagarlo. Me regaló una buena cantidad de minutos sin encender otro.

—Te escucho —dije con una atención que no le había prestado a nada en muchos años.

—Era verdad que se había ido a Brasil. Era verdad que le habían pegado un tiro en la frente, en la frontera... Frente, frontera —repitió—. Pero no había muerto. Estuvo no sé cuántos meses inconsciente y cuando despertó...

—Había perdido la memoria —dije.

—Algo de eso —no terminó de asentir Julio—. No tan prosaico. Digamos que estaba desconcertado, sin saber bien qué hacer. Lo encontraron tirado, no sabe cómo, una vieja y una chica que tenían un puesto de comida cerca de la frontera. Se lo llevaron y lo cuidaron. Se ve que le habían disparado de noche y no supieron que le habían dado, no lo encontraron. Finalmente quedó del lado brasileño. Era un pobre imbécil, a nadie le importaba.

18

Le dispararon porque quiso cruzar la frontera ilegalmente y no respondió a la voz de alto. Lo deben de haber tomado por un contrabandista de electrodomésticos menores.

—¿Pero qué es, una película? Parece *Los girasoles de Rusia*, la de Marcelo Mastroianni.

—Por lo menos a ése le había caído encima la Segunda Guerra Mundial. ¿Pero éste, qué hizo? —dijo Julio con un cinismo que me conmovió—. Pero vivió una historia —siguió—. Es verdad. Siempre que hay tiros, suceden aventuras como ésta. Escarbá un poco y te encontrás con varias. Por más que ni la persona ni la causa valgan la pena. Bueno, Rafael, te imaginás, estaba convencido de ser el gran revolucionario perseguido. Cuando recuperó algo de cerebro, enamoró a la nieta de la vieja. La pobre piba lo ayudó a escapar, de nadie. Se lo llevó al Amazonas, con no sé qué tribu. El bueno de Rafael consideró hace un par de meses que ya había la suficiente seguridad como para dar señales de vida. No se siente obligado a explicar por qué permitió a su familia creer que estuvo muerto todo este tiempo. Es un poeta.

—Un pintor —dije igual de cáustico.

—No —dijo Julio—. Pintor no es.

Mi cara estalló de asombro.

—Pésimo pintor —dije.

—Nunca pintó nada.

»Cuando Rafael vino por primera vez a casa, yo, te imaginás, orgulloso, emocionado, más, antes de que llegara, le pedí a Cecilia que no le dijera nada del cuadro, que Rafael lo descubriera solo. Quería ver la lenta evolución de su cara cuando descubriera colgado en nuestra pared el cuadro que había pintado hacía tantos años, el que le había dedicado espontáneamente a su sobrina. Sabía que la emoción podía ser excesiva, pero no quería renunciar a ese momento. Me parecía un canto a la vida. Un reencuentro crepuscular.

Por un instante, el rostro de Julio tornó a ser el de entonces, pegado a un leve regreso a su veta snob. Lo arruinó encendiendo un nuevo cigarrillo.

—Cecilia no se negó —dijo después de la correspondiente tos—. No es que asintiera con entusiasmo, pero no se negó. Le pareció bien. Se esmeró en la cocina. A mí me pareció una superficialidad cocinar comida hindú. Incluso apagamos los sahumerios. Cuando abrimos la puerta, lloré. Cecilia no parecía conmovida. Rafael estaba muy mal. Yo había visto unas cuantas fotos, y no me alcanzaban para darme una idea de cómo era. Pero su aspecto, no importaba si lo hubieses conocido o no, revelaba deterioro. Estaba peor de lo que yo estoy ahora. El rostro chupado, una cicatriz horrible en la frente, temblaba, le costaba hablar. Vino acompañado por su hermana, una señora de unos sesenta años. Temí, ni bien lo vi, que no tuviera la suficiente lucidez como para reconocer el cuadro. Cenamos.

»Habíamos sentado a Rafael justo frente al cuadro: no reaccionó. Ni siquiera puso la cara de desagrado que ponen todos nuestros invitados cuando lo ven.

»Yo casi me reía pensando en que algo dentro de mí aguardaba a que Rafael mirara horrorizado el cuadro y Cecilia y yo nos entregáramos al rito de contar la historia, como si no fuera Rafael el protagonista. Era todo realmente conmovedor.

»"—Rafael —le pregunté con ternura en el postre—, ¿reconocés el cuadro?

»Rafael, que casi no había hablado durante la cena, negó inequívocamente.

»"—Me lo regalaste antes de irte —dijo Cecilia con un tono muy distinto a aquel con que siempre contaba la historia.

»Cecilia, vos la escuchaste, narraba la historia de su tío con devoción, con amor, con convicción. Y ahora se la recordaba al verdadero protagonista como si fuera un lejano conocido que no pudiese entenderla. Ni siquiera había llorado, ni lo abrazó con fervor. Yo trataba de intuir que Cecilia temía desmoronarlo con una emoción demasiado violenta y prefería no preguntarle por su terrible pasado durante la cena. Pero cuando con toda carencia de inflexiones, con una timidez que hacía su voz casi inaudible, susurró con miedo lo que había sido el gran argumento de su vida, sospeché.

En la última pitada de este segundo cigarrillo, la verdad sea dicha, Julio no tosió.

»"—Me olvidé de todo —dijo Rafael—. Pero no. Yo nunca pinté. Escribía prosa, poesía. Ensayos. Actué un par de veces. Pero pintar..., no. No. Yo no pintaba.

»"—Rafael no pintaba —repitió la hermana, extrañada—. Llegó a tocar el piano. Pero nunca lo vi pintar. Nunca vi un cuadro como ése en casa".

A continuación, Rafael hizo un ruido horrible al absorber medio durazno en almíbar. Creo que lo tragó sin masticarlo —Cecilia me miró pidiéndome compasión para su tío amnésico. Pero no soy tan imbécil, no tan imbécil. También con un gesto mudo, la llamé a la pieza. Me levanté y sin dar explicaciones fui a nuestro cuarto. Tardó en venir.

»“—Qué pasa —me dijo—. Tenemos invitados.

»—Quién pintó ese cuadro —pregunté.

»—Mi tío... —murmuró Rafael.

»—Hija de remil putas —dije—. Decíme quién pintó ese cuadro o te mato acá mismo.

»Golpearon la puerta del cuarto.

»Abrí con furia. Era la hermana de Rafael.

»—Váyanse —dije sin más explicaciones.

»Rafael obedeció de inmediato, no quería más problemas. La vieja se quedó montando guardia junto a la puerta. Se la cerré en la cara.

»Cecilia me miraba con miedo. Quizás, por primera vez en su vida, con respeto. Y, ahora estoy seguro, con la alegría de saber que yo realmente deseaba matarla.

»—Decíme —dije siguiendo con mi representación del papel de asesino.

»Y aunque ella permaneció en silencio, lo supe. Apareció frente a mí la posición de Osvaldo al pintar, la insistencia con que pasaba una y otra vez la brocha por el mismo sitio, la acumulación de pintura por cada centímetro. Ese cuadro era el único que Osvaldo se había animado a pintar. Osvaldo, mi ayudante, se había acostado con mi mujer. Lo supe todo en un instante. No te voy a decir que fue como si lo hubiera sabido siempre, pero tenía todas las pruebas. Una historia que no conocés, pero te dan todos los elementos para armarla.

»"—¿Por qué lo pusiste en el comedor? —le pregunté—. ¿Por qué no lo escondiste?

»"Cecilia supo, igual que yo, que yo lo sabía todo.

»"—Me lo dedicó especialmente —dijo apiadándose de mí por primera vez al decir la verdad—. Fue el único que se animó a pintar. Le prometí que me las iba a arreglar para ponerlo en casa.

»¿Me podés creer que no rompí el cuadro? Tampoco le pegué a ella. Ahora estoy arrepentido: tendría que haberle deformado la cara. Me sentiría mejor. De todos modos, me voy a recuperar.

—Estoy seguro —contesté—. Bueno, Julio —dije llamando al mozo con una seña—. Te dejo.

—Dejá —dijo Julio—. Yo pago.

—No, por favor —dije.

—De plata estoy bien —afirmó.

Lo dejé sentado en la mesa, y cuando abrí la puerta y salí al frío pensé con un humor asesino: «¿Pusiste una galería de arte?».

Me metí por Talcahuano para desaparecer lo antes posible de Corrientes: la calle de los teatros, de los falsos artistas, de los charlatanes.

Tomé un taxi y le di una dirección que no era la de mi casa. En el viaje, pensé en Cecilia. ¿Por qué había hecho eso? ¿Gozaba engañando a su marido abiertamente? ¿Una perversión? ¿Quería adornar su casa con una historia trágica? ¿Odiaba la vida? No es fácil vivir para una mujer. Para un hombre tampoco. Pensé en el cuadro y en cuánto pagaría por él alguien que conociera la historia. Bajé del taxi, me acerqué al primer teléfono público, llamé a casa y le dije a Jimena que iba a llegar mucho más tarde.

En las alturas

Según el padre de Rita, aquélla era la más alta cumbre de Córdoba. Rita lo desmintió mientras la subíamos. Pero que Rita era la mujer más alta de aquel perdido pueblo cordobés..., de eso no cabía duda.

Podía apostar que había pasado la mitad de la treintena, pero con las mujeres tan altas nunca se sabe; vemos una cara juvenil en la cima de un cuerpo espigado y, al calcularle la edad, nos convencemos de que le estamos agregando años por culpa de su estatura. El cuerpo de Rita era una formación rocosa suave. Su longitud no les restaba encanto a los relieves y curvas. Era una hermosa giganta.

Mientras caminaba delante de mí, guiándome hacia el sitio donde había caído el ovni, yo no podía distinguir entre la naturaleza y su trasero. Ambos eran paisajes de privilegio construidos por Dios. No sé si Rita caminaba con semejante despreocupación porque era una chica de pueblo no acostumbrada a que los hombres la miraran, o porque en su improvisado trabajo como guía, conduciendo a los centenares de periodistas que arribaron al pueblo, había dejado de lado el incómodo pudor. O si me estaba mostrando su cuerpo a conciencia. Como fuera, no había otro modo de ascender más que de uno en uno, y ella debía ir adelante. Era físicamente imposible evitar aquella casquivana exposición. Observar el trasero de una mujer escalando, con las piernas flexionadas y en constante esfuerzo provoca un grado de excitación muy superior al de las minifaldas o los apocados andares femeninos urbanos.

Era lo suficientemente alta como para que uno no dejara de sentir cierta aprensión, o temor, o incertidumbre, al imaginarse poseyéndola. Personalmente, me tranquiliza ser al menos físicamente más fuerte que la mujer en el encuentro sexual. Y Rita, además de alta, muy alta, era robusta.

De todos modos, si se daba el raro caso de que Rita, ya sea a solas en la cumbre o en algún otro sitio perdido de aquel perdido pueblo cordobés, se me ofreciera, yo no rehuiría el convite ni el combate. Tener a Rita se me antojaba una perversión aún sin nombre: hacerlo con una montaña.

Seis meses atrás, los trescientos cuarenta y cinco habitantes de Velario, una ínfima localidad cordobesa cercana al pueblo de Villa María, habían avistado el aterrizaje de un ovni. Al momento del suceso, el pueblo contaba con cuatro embarazadas pero ningún recién nacido. Los niños más pequeños tenían siete años —Juan— y seis —Griselda—. De modo que todos los adultos, ancianos y hasta los dos niños concurrieron, como pudieron, a la cima de la montaña *Final* —no sé si ya se llamaba así o la habían bautizado pocos minutos antes de la llegada de la prensa— a observar la nave.

Por supuesto, para cuando llegaron los medios gráficos y audiovisuales, de la nave sólo quedaba una gigantesca aureola de pasto quemado. Pero la prensa le dio un inusual tratamiento al caso. Durante una semana, los medios de todo el país y del extranjero acudieron a fotografiar y filmar la prueba del aterrizaje; y muchísimos montaron guardia durante toda la noche a la espera de un nuevo arribo. Como si la noche tuviera algún tipo de atractivo especial para los supuestos extraterrestres.

Todas las semanas llegaban a las redacciones asuntos similares, de todas partes del mundo, y diarios, revistas y canales apenas les brindaban un breve espacio o ninguno. Pero en Velario creo que no era más impactante el posible plato volador que el hecho de que todo un pueblo fuera testigo. Todos lo habían visto. Como en una película de ciencia ficción, el pueblo entero —cada cual desde su sitio de trabajo o de ocio— había visto la enorme panza de la nave y una sombra artificial se había cernido sobre cada uno de ellos. Luego, como llamados por una voz más poderosa que la del hombre —niños, ancianos, hombres y hasta las cuatro mujeres embarazadas— subieron juntos a la montaña más alta del pueblo y observaron de frente el enigma de otro mundo. Cuando el último habitante de Velario hubo subido y observado a menos de un metro la nave, quienesquiera que fueran sus tripulantes alzaron nuevamente vuelo. ¿Por qué?

La mayoría de los pobladores coincidían en que «los marcianos» se habían asustado. Velario era casi inexistente, arriesgaba el maestro, y seguramente los sensores de los extraterrestres les habían informado que aquella cima estaba rodeada de un paisaje desértico. Al descubrir su error, huyeron.

A mí no me extrañaba que la prensa mostrara semejante interés en un caso intergaláctico cuya principal arista era el contenido democrático: ¡un pueblo entero lo había visto!

Yo mismo pertenecía a un pueblo que, reunido a los pies de un monte, había escuchado la voz de Dios. Desde entonces, nadie se había olvidado de nosotros: generalmente, para nuestro pesar. Llevábamos miles de años portando, leyendo y repitiendo el mismo libro, testimonio escrito de aquel único encuentro entre el hombre y su creador.

Por lo tanto, todo un pueblo subido a una montaña —hubiese llegado el ovni o hubiesen quemado con solvente el pasto— era noticia. Y dos semanas de cobertura periodística nacional e internacional no me resultaban exageradas.

Seis meses después, Velario existía aun menos que el ovni. Ni la prensa nacional, ni mucho menos el FBI o la NASA, como se esperanzaban muchos velarienses equivocando las siglas, se habían dejado ver. El pueblo entero, no obstante, guardaba el anhelo de que quizá los estuvieran espiando, de que tras las montañas, ocultos como cuises, circularan agentes europeos y norteamericanos. La caída de la Unión Soviética los había privado de una fascinante y sorda intriga internacional.

Pero yo, perteneciente al pueblo que no olvidaba su único encuentro —también colectivo, también de «todos»— al pie del monte, estaba allí, luego del huracán de celebridad. Mi jefe me había enviado para escribir una nota de una página sobre cómo había retornado el pueblo a su muerte cotidiana, luego de aquel atisbo de nacimiento. Una de las tantas notas sin sentido que completaban el grueso diario dominical y sólo podían encargarse a un redactor cuya utilidad estaba permanentemente en entredicho.

Llegamos a la cima y me costaba respirar: porque me había agitado como un anciano y porque estaba excitado como un escolar. Rita me señaló la aureola quemada.

—El docente del pueblo —me dijo Rita aún con tono de guía— ha propuesto que todos los meses quememos la aureola con solvente, para que mantenga el color óxido, como un recordatorio. Pero no hay en el pueblo quien quiera hacerse cargo de la tarea. Primero se la encargamos a los más jóvenes.

Una cabra o un chivo, no sé, pasó a nuestro lado en silencio y se perdió por una ranura entre las piedras, con una agilidad absurda.

—Comenzaron por turnarse tres muchachos —continuó, sin siquiera la necesidad de tomar aire—; subía un mes cada uno. Pero al tercer mes, el muchacho al que le correspondía se fue a vivir a Villa María y nadie tomó la posta. Calculo que en un año, el pasto verde la cubrirá.

—Quedarán los diarios, las fotos, los videos —le dije intentando consuelo.

Efectivamente, como canas en el pelo de un hombre, desvergonzadas hojitas verdes comenzaban a alternar con las quemadas briznas marrones. A diferencia de las canas, la hierba siempre crece nueva.

—Videos no tenemos —dijo Rita.

Me agaché y arranqué una hojita.

—Un trébol —le dije.

—Pero de tres hojas —dijo Rita, y agregó desencantada—: Yo al principio creí que al menos crecería algo raro.

—¿Vos lo viste? —le pregunté.

—¿Qué cosa? —preguntó, como si hubiera alguna otra.

—Al ovni —dije con naturalidad.

—Por supuesto —dijo Rita, forzada—. Ésta no es la montaña más alta de Córdoba, como dijo mi padre —agregó.

Pero yo escuché:

—*No estoy segura de haberlo visto. Cuando todos lo vieron, yo también. Pero ahora dudo.*

Esta sugerida vacilación —que se deducía de su inmediato y forzado «Por supuesto» y del comentario acerca de la mentira de su padre— por algún extraño motivo azuzó aun más mi deseo de ella, en ese instante y en ese lugar. Quizá porque las mujeres que dudan de las certezas de sus pueblos suelen alentar en nosotros la esperanza de futuras transgresiones. Pero Rita estaba casada, y su marido, unos centímetros más alto que ella, nos aguardaba al pie de la montaña.

Cuando emprendimos el descenso —su trasero en retirada era afortunademane menos suculento que el espectáculo de sus nalgas en el ascenso—, recordé un encuentro nocturno en Buenos Aires, con una mujer tan alta como Rita, aunque mucho menos corpulenta y por lo tanto más maniobrable.

El marido de aquella mujer porteña estaba de viaje y yo ocupé su lugar en la cama matrimonial. La mujer era una odontóloga, muy culta y muy dada a las cosas del sexo. Cuando ya no quedaba nada por hacer, conversamos. Hablamos de nuestras vidas. No me habló mal de su marido, pero me dejó entrever que era insípido. Suele ser un lugar común de los amantes hablar mal de los respectivos cónyuges, pero no es más que un artilugio para avivar las llamas de la relación ilegal. El marido engañado y soso es, mañana, en la cama de su amante, el donjuán irresistible; y el furtivo amante dorado es un don nadie en la alcoba de su propia esposa. Sin embargo, la odontóloga me hablaba con sinceridad y con la convicción, tanto de ella como mía, de que la vitalidad de nuestro encuentro dependía de su fugacidad y no de virtudes intrínsecas a ninguno de los dos.

Estaba contenta con sus hijos y con la familia que en definitiva habían formado, pero ella no se había casado enamorada ni se había enamorado con el tiempo. Nada le faltaba, no abandonaría a su marido y sufriría como una condenada si la dejaba; pero nunca se había encendido junto a él.

—¿Te casaste de apuro? —pregunté.

—No —dijo, dando una pitada a uno de esos largos cigarrillos perfumados femeninos—. Me casé porque era alto.

Dejé escapar una risa de incredulidad.

—De verdad —insistió—. Me casé porque era el más alto de todos los muchachos que conocía.

Y remató demoledora:

—Miráme. Nunca me podría haber casado con vos, por ejemplo. Haríamos el ridículo.

Me preparé un café como una medida de tiempo, me vestí y me fui.

En el taxi, pensé en aquella imbecilidad: la mujer que se había casado con un hombre porque era el más alto. ¡Qué absurdo! ¡Cuánto más ridículo que haberse casado con un hombre más bajo que la encendiera!

Sin embargo, a medida que el taxi atravesaba sin obstáculos la Avenida del Libertador, realicé un breve repaso mental por las parejas de conocidos y concluí en que las estaturas de los cónyuges eran coincidentes. Las pocas personas especialmente altas que había conocido a lo largo de mi vida, se habían casado con personas igualmente altas. En la época hippie de mi adolescencia había conocido a una mujer, con la que nunca intercambié una palabra, bastante mayor que yo e igualmente hippie, con un novio al que le llevaba al menos dos cabezas. Muchos años después vi a la misma mujer, vestida de ejecutiva y con la cara amarga, y supe que aquella pareja no había durado. No era más que un alarde hippie. Ahora, cuando observaba a ambos en mi recuerdo, en aquel taxi, no podía evitar reírme. ¡Qué ridículos resultaban! ¡Sólo la época hippie de mi existencia me había impedido burlarme internamente de ellos una y otra vez!

El matrimonio no es sólo una relación sexual. Los cónyuges deben concurrir a fiestas, hacer trámites, sacarse fotos, conversar con sus hijos. Pertenecer a dos estaturas notablemente distintas es peor que un matrimonio mixto. Todo el mundo lo nota a la primera mirada. De modo que mi odontóloga —me refiero a la odóntologa con la que me había acostado y no a la impresentable señora que me vigila los dientes— comenzó a dejar de resultarme absurda y ridícula. ¿Cuántos hombres de su estatura podía haber en este país? ¿Cuántos entre sus conocidos? ¿Y cuántos, de entre sus conocidos, cumplían los requisitos como para compartir con ellos la vida sin ser maltratada o soportando una estupidez devastadora? Finalmente, había elegido lo mejor. El marido la mantenía y había sabido sobrellevar algunos malos momentos de su vida en común; sabía manejar aquel romance determinado por la estatura y reírse de algunas excentricidades de su mujer. Yo era una de esas excentricidades.

El tiempo me ha enseñado que es poco más lo que se puede exigir del otro.

«Me casé porque era el más alto», me repetí a mí mismo, con la voz de ella, mientras me metía en la cama. Y recordé sus largas piernas, su inherente fragilidad, esa debilidad femenina y el cuerpo interminable; y quise ser lo suficientemente alto como para verla al menos una vez más.

II

Rita vivía con sus suegros. No quedaba claro de quién era la casa, porque ninguno de sus suegros trabajaba y Nicanor, el marido, mantenía a todos con su sueldo. Lo que el muchacho había aportado en efectivo ya superaba con creces el valor de la propiedad.

Nicanor y Rita también pasaban dinero a los padres de Rita.

La madre de Rita, Adela, trabajaba confeccionando artesanías de lana, de cerámica y dulces regionales; Nicanor le hacía el favor de ubicarlos en locales minoristas, en sus viajes a la ciudad de Córdoba.

Pero el padre de Rita, don Baccio, era un zángano que no sabía más que dar órdenes. Tres décadas atrás había estado involucrado con el peronismo, cobrando un sueldo estatal como inverosímil inspector de no se sabía qué.

Nicanor era veterinario a domicilio en Córdoba y tenía una cartera de clientes de clase alta. Partía a las seis de la mañana en su camioneta y nunca le faltaba un animal que atender o revisar. Si no eran mascotas, animales del campo.

Cuando la llegada del ovni, Rita vio el filón y armó un tour de a dos o tres periodistas: los llevaba a comer a lo de Adela y a dormir en su propia casa, en lo que había sido el consultorio de Nicanor. No habían imaginado que el auge duraría tan poco, pero llegaron a recolectar dinero suficiente como para un ahorro, con la intención de visitar una vez más la Capital Federal en el verano.

Ahora que todo había terminado, mi colega del diario me dio la dirección de Rita, me la aconsejó como vivienda y halagó las comidas de doña Adela.

—Vas a ver el culo que tiene esa mina —agregó refiriéndose a Rita—. Es alta como un poste.

Ya lo había visto.

Nicanor me dio la mano en su propia casa. Agachó un poco la cabeza para decirme buenas tardes y preguntarme de qué medio era. Sus padres, los suegros de Rita, miraban la pava y el mate en el comedor. No cebaban ni hablaban. Él se llamaba Agustín y era bajito y pelado. Más fofo que gordo. Un muñeco tenía más intensidad en la mirada.

Había trabajado de peón tambero en un campo cercano durante toda su juventud y construido la casa con sus propias manos. Cuando Nicanor se recibió de veterinario y consiguió su primer dinero, el hombre abandonó el trabajo y se puso en manos de su hijo. Desde entonces, se había dejado vivir.

Intenté sonsacarle algo más sobre su pasado, pero no hablaba con claridad. Su relación privilegiada con los demás era el silencio. Contaba algunas cosas y perdía el hilo, o pronunciaba sílabas sin sentido. No era tan viejo ni estaba arruinado, pero tal vez se le había atrofiado la capacidad de comunicar. Micaela, la esposa, era una andaluza mocetona, con los ojos aún brillantemente negros y el pelo vivo recogido en un rodete opulento. Vaya a saber cómo había ido a dar a aquel andurrial y a aquella casa hecha a mano, pero su cuerpo todavía armado era el único recuerdo de que en el pasado, en esa persona apagada, había vivido una mujer. Los pechos muertos recordaban una sensualidad remota, y en los ojos se advertían piernas duras y rasgos atractivos. Andaba por los sesenta y pico de años. Agustín había perdido la edad hacía tiempo, pero bordeaba los setenta.

Nicanor debía atender un potrillo a las seis de la mañana del día siguiente, y se fue de noche, no más, para amanecer directamente en Córdoba. Dormiría en la camioneta, al llegar.

—¿Por qué no comemos aquí mismo? —le pregunté a Rita cuando me sugirió que ya era la hora de la cena en casa de sus padres.

—Mi suegra no sabe cocinar —dijo delante de sus suegros.

Caminamos cinco cuadras de tierra en silencio hasta la casa de los Baccio.

Una vez adentro, aunque los Baccio hablaban algo más que los suegros de Rita, el clima era harto más opresivo.

La primera vez que vi a don Baccio estaba sentado, como siempre; y no se levantó a darme la mano. Cuando finalmente lo vi de pie, al levantarse para ir al baño luego de una pava de mate y una docena de pastelitos, me alarmó su estatura.

Quedaba claro que de aquella semilla de gigante había nacido Rita.

En don Baccio, la estatura, de suyo sorprendente, aumentaba por el carácter del hombre. Era un vago autoritario y malvado. Como los ogros de los cuentos infantiles, como Polifemo o como los gigantes que asustaron a los espías de Israel en la tierra de Canaán.

Adela nos preparó un chivito a la provenzal y el hombre se quejó por la falta de ajo.

—¿Tenés miedo de que después no quiera besarte? —le espetó a la mujer—. Prefiero el olor del ajo al tuyo.

Rita clavó los ojos en el hueso de la pata de su porción de chivo, para no mirarme; pero Adela se lo tomó con una calma chicha. Se levantó para despejar la mesa, preparar el mate y traer los pastelitos.

No fue mucho lo que pude mirar porque le tenía miedo al hombre; pero de esa mujer menuda, Adela, se deducía la forma armónica del trasero de su hija. También ella, Adela, llevaba un par de nalgas exquisitamente modeladas y caminaba como si lo supiera. Ése era su mayor rasgo de vitalidad, pero no el único. No se notaba en su andar, en su hablar, en su comportamiento general, el azote permanente de vivir con semejante energúmeno. ¿Le pegaba? No lo creía: un mamporro del gigante en aquella mujercita debería inevitablemente dejar marcas indelebles.

Don Baccio se comió un pastelito casi sin masticarlo y me miró como si fuera a decir algo. Pero permaneció farfullando en silencio, escupiendo miguitas sin vergüenza, rumiando con la boca abierta. Descubrí que deseaba oírme hablar, que lo entretuviera.

—Tranquilos de nuevo, ¿eh? —dije.

Don Baccio no movió un músculo más que los necesarios para dar cuenta del siguiente pastelito. Me miró impertérrito.

—¿Usted vive en Capital? —preguntó Adela.

Antes de que pudiera contestar, sin molestarse en masticar la mitad del tercer pastelito que tenía en la boca, don Baccio replicó:

—No, si va a venir de Marte. Si no tenés nada que decir, ¿para qué preguntás pelotudeces?

Dejé pasar unos minutos y dije:

—¿Cuánto le debo, señora?

—Doce pesos —contestó Adela.

Saqué el dinero y se lo extendí.

Don Baccio se puso de pie y me quitó el dinero de la mano.

—Cómase un pastelito —me dijo.

—Pruebe un mate —me dijo Adela—. Es de yuyos.

—Para que se pase toda la noche en el baño —me dijo don Baccio.

Y soltó una risa estruendosa junto con una húmeda vía láctea de esquirlas masticadas de pastelito de dulce de batata.

—El señor trabaja para ese diario de la Capital —dijo Rita—. Es amigo del señor Briefa, que estuvo acá también.

—¿Es puto ese muchacho? —me preguntó don Baccio.

—No sé —dije instintivamente, como temeroso de contradecir su duda; pero de inmediato me repuse y agregué—: No. No. Está casado y tiene hijos.

—Pero mire que yo le entregué a la patrona y el hombre nada —me dijo señalando a su propia esposa—. A veces los putos se casan para despistar...

Prorrumpió en una nueva carcajada.

—Sin ir más lejos —siguió—. Mire al marido de la nena... No me la atiende y la deja con el primero que viene.

—¡Papá! —gritó Rita.

Lo dijo furiosa, pero no alcanzaba. La sola palabra «papá» ya era una concesión, una comprobación de que la vida había puesto a esa chica en un

38

parentesco inevitable y que no había forma de repararse de ciertos insultos.

—Para mí, el Nicanor se come la galletita —dijo don Baccio risueño; parecía borracho, pero no había tomado nada más fuerte que el mate.

—¡Sabés lo que haría yo con este pedazo de potra! —dijo refiriéndose a su hija—. Primero la fajaría hasta que quede mansita.

Rita se levantó para irse y yo no supe qué hacer. Tenía miedo de que levantarme fuera una afrenta contra el gigante y, debo confesarlo, contra mi voluntad: deseaba seguir escuchando. Quería que continuara contando qué cosas le haría a su propia hija si fuera su esposa.

—Nos vamos —dijo Rita.

Los pastelitos eran un ejército raleado. Yo me había tomado media docena de mates.

Me puse de pie.

Don Baccio aún agregó:

—Ese Nicanor no sabe tener una mujer. Rebencazos hay que darles, peor que a las vacas. Si mi hijo no hubiera muerto... La puta, qué macho lo hubiera sacado...

Fue al final de la palabra «muerto» cuando Adela gritó.

No sé si fue un «no» o un gemido bruto. Pero las últimas palabras de don Baccio llegaron por inercia; el grito de su mujer hizo impacto.

No era el impacto que yo creía. No lo había detenido ni escarmentado: paró de hablar porque se enfureció. Le molestó que su mujer lo retara con ese grito o reaccionara intempestivamente.

Puso en pie otra vez su inverosímil anatomía, se acercó a Adela, que limpiaba los platos en la pileta, le puso la mano en una de las nalgas y apretó hasta que la mujer gritó de dolor.

—Buenas noches —nos dijo imperativo a Rita y a mí.

Rita comenzó a atravesar la puerta de salida y yo la seguí casi corriendo.

III

A la tercera cuadra, rumbo a lo de sus suegros, Rita lloraba. Ahora, la insufriblemente parca casa de sus suegros me resultaba un palacio. Allí, al menos la gente estaba en silencio. No insultaba, ni profería herejías ni apretaba nalgas hasta que alguno gritara de dolor.

Debemos andar mucho camino para comprender finalmente que la inactividad humana es siempre una bendición; mientras que las acciones son siempre un riesgo.

Pero debí abandonar mis reflexiones para dedicarme a la pobre Rita que ni siquiera estaba deshecha en lágrimas: lloraba queda, contenida, como si su padre aún pudiera escuchar y venir a castigarla.

Era inútil intentar abrazarla: con mucho, mi cabeza quedaría a la altura de sus pechos; como si ella me estuviera consolando a mí.

Aguardé en silencio a su lado, quieto. Traté de erguirme todo lo que pude, mirándola a modo de abrazo y comprensión.

Cuando logró interrumpir el llanto —que al ser contenido duró mucho más de lo habitual— le pregunté:

—¿A qué edad murió tu hermano?

—Al nacer —me respondió, con la misma inmediatez con que me había replicado cuando le pregunté si también ella había visto el ovni.

—Está enterrado en el jardín —agregó, y soltó una nueva andanada de llanto. Esta vez incontenible. Quise palmearle un hombro, pero sin querer le rocé un pecho y me guardé la mano en el bolsillo, incómodo y avergonzado.

No tenía pañuelo y se sorbió los mocos con un ruido estremecedor.

—¿Siempre es así... —iba a decir «tu papá», pero me rebelé y dije—: ... este tipo?

—Tenemos muy pocos invitados. Cuando hay algún invitado conocido, sí, es así. Alardea. Alardea hasta de lo que hubiera hecho con su hijo muerto.

Otra vez nos callamos los dos, pero Rita ya no lloraba. ¿Dónde andaría Nicanor? ¿Ya habría llegado a Córdoba? ¿Tendría una amante de baja estatura en la ciudad?

—Cuando vinieron los periodistas estaba contento —siguió Rita refiriéndose a su padre—. Pero cuando dejaron de venir se puso peor de lo que lo he visto nunca. Está enojado. Le gustaba que viniera gente, ser célebre. Ahora está muy enojado.

—Ya veo —dije.

Yo entendía perfectamente a ese cretino. Conocía gente como él. No sabía si volvería a verme, no sabía si volvería a ver a un periodista por el resto de su vida, y no quería dejar nada en el tintero. Quería mostrar cuánto podía.

En las siguientes dos cuadras mantuve un silencio respetuoso y compasivo. Pero cuando faltaba poco para entrar en la casa, pregunté sin darme cuenta:

—¿Alguna vez te tocó?

Rita iba a contestar con facilidad, creyendo que le preguntaba si le había pegado; pero de inmediato entendió la pregunta y dijo concienzuda:

—No. Si no, lo hubiera matado.

Pensé que allí había terminado el diálogo y que por fin liquidaría mis cuentas con aquel chivito que bullía en mi estómago; pero Rita se detuvo unos instantes más en el portal de la casa, sin entrar:

—Quizá debería haberme tocado, para poder matarlo.

IV

Hasta hace muy poco no comprendía los crímenes pasionales ni los domésticos. ¿Por qué una mujer mata al marido que le pega? ¿Por qué no huye de la casa? ¿Por qué un hombre mata a su mujer adúltera? ¿Por qué no busca a otra? Es que para ciertas personas —comprendí casi en ese momento en que intentaba no caerme hacia atrás en la letrina—, matar es más fácil que tomar decisiones. No pueden imaginar el mundo sin aquella persona que los maltrata, o sin aquella persona a la que odian, y sólo pueden estar junto a ellos o matarlos. No conciben otra alternativa. El planeta es una cornisa en la que sólo existe la persona que los maltrata o a la que odian, y más nada. En lugar de arrojarse al precipicio, arrojan al que les hace la vida imposible. No me cabía duda de que Caín había actuado regido por este principio.

Yo corría serios riesgos de ser derrotado por el principio de gravedad. Era la primera vez en veintidós años que hacía mis necesidades de parado. La letrina, un pozo de tierra bajo cuatro palos de madera y un techito de paja, era el baño contiguo al abandonado consultorio de Nicanor, ahora mi habitación.

Antes que caminar bajo la noche con el estómago revuelto y tiritando por la descompostura hasta el baño de la casa, con agua corriente e inodoro, había preferido utilizar la insólita letrina. Concluí como pude y salí subiéndome los pantalones, feliz de abandonar ese sórdido cubículo. Aspiré una bocanada de aire fresco de campo y vomité copiosamente sobre el verde pasto. Un ramillete de arbolitos y arbustos —un discreto jardín— rodeaban el consultorio y ocultaban piadosamente la letrina, a la que regresé tomándome la panza con las dos manos.

El chivito y los yuyos del mate se habían aliado en mi estómago para convocar al Apocalipsis. Ya no me importaba si era una letrina o el baño de un hotel cinco estrellas, me tomé con fuerza de cada uno de los palos de madera y me sostuve de pie, con los pantalones bajos, hasta que mi organismo me dio tregua. Cuando recuperé el mundo externo, aún tenía náuseas; pero ya no me quedaba nada dentro. Tiritaba, pero no tenía frío. Y la noche era cálida.

Marché a mi consultorio-cuarto con la intención de dormir.

La cama estaba bien hecha y las sábanas eran suaves. Pero las frazadas eran viejas y apolilladas, y al rozarlas con las manos me provocaban escozor. Al rato descubrí que no las estaba usando y las arrojé a un costado.

Pero sólo con sábanas me cuesta dormir. No me hallaba de suficiente ánimo como para leer un libro. El consultorio, su aura, comenzó a molestarme. Sentía el olor de antiguos conejos, de los gatos; veía perros enfermos y canarios dolientes. Me levanté y salí nuevamente al jardincito, intentando evitar el charco de inmundicia que yo mismo había propiciado.

Encontré un sitio mullido de pasto, en el que la luz de la luna se posaba, suave pero presente. Me tiré, puse las manos detrás de la nuca y observé las estrellas. Ahora que nadie me veía, lejos de los hombres, era feliz.

Me dormí.

Me despertó un susurro entre los pequeños árboles, cerca del charco donde había vomitado.

Me reincorporé asustado. Más que el ruido, me asustó el remanente de don Baccio, que había permanecido rodeándome como un aroma maligno desde que dejé su casa. ¿Quién otro que él podía interrumpir mi sueño bajo las estrellas en esa noche mansa, y con qué otra intención si no matarme?

Decidí enterarme de quién era la persona o el animal que se escondía entre las ramas. Moverme hacia el consultorio-cuarto o dirigirme a la casa, desde aquella posición, era tan riesgoso como tomar directamente el toro por las astas y ver quién era.

Di unos pasos cautelosos, me detuve, aguardé reacciones y avancé unos pasos más.

—Date vuelta —me dijo la voz de Rita.

Escuché con tanta nitidez su voz, y me produjo tanto alivio, que no atendí a su pedido y seguí buscándola con la vista.

—¡Date vuelta! —repitió.

Obedecí. Escuché el sonido de la ropa al ser arreglada y nuevamente su voz.

—Ya está —me dijo.

Y giré para verla. Había olvidado que era tan alta.

—No funciona el agua corriente del baño —me dijo—. Vine a orinar al jardín.

Me reí. «Vine a orinar al jardín» podía ser el título de la autobiografía de una condesa.

—Me envenenaron —dije.

—Es una costumbre de mi padre —dijo Rita—. Una sola vez tomé ese mate, hace más de veinte años. A él no le hace nada.

Caminé hacia el centro del jardín, procurando alejarla de mi vergüenza, pero ella pasó junto al estropicio como si no lo viera.

Era gente de campo.

Pronto estuvimos sentados en medio de la noche, bajo el cielo, lejos de todo mal olor o pesar.

Le pregunté sus opiniones sobre mi ciudad, Buenos Aires. Le conté lo que significaba para mí vivir allí y escuché cómo se vivía en Velario.

—No te debe haber sido difícil elegir marido —dije—. Por la estatura.

Rita sonrió incómoda y pareció que no iba a contestar. Pero finalmente dijo:

—Sí. Somos los dos únicos altos del pueblo.

—Y tu papá —agregué inopinadamente.

Ahora sí, no contestó.

Miramos en silencio las estrellas durante un largo rato.

—¿Qué puede haber venido a hacer un ovni a este sitio dejado de la mano de Dios?

—Nadie lo sabe. Puede que hayan aterrizado en busca de agua, o de muestras del suelo. O sólo para ver de cerca el paisaje.

—Creyendo que no había nadie.

—¿Y hay alguien en este pueblo realmente? —preguntó Rita.

Sentí la excitación que me había invadido cuando puso en duda, de aquel modo indirecto, la existencia del aterrizaje del ovni.

—Hay gente —dije—. Igual que en todos lados. Somos horribles en todas partes del planeta. Si vivieras en mi consorcio, y conocieras a la viuda que grita, al portero que roba y al viejo que le pega a su hermana, también te preguntarías si existe alguien en ese edificio, en plena Capital Federal.

—Ya sé —me dijo.

Sus palabras se tiñeron de la rara intimidad generada entre dos personas que hablan sin motivo a una hora inexacta de la noche.

Entramos en ese territorio atemporal en el que no se distingue el silencio de las palabras; un hombre y una mujer que desconocen las denominaciones de su relación y se mantienen juntos, mansos

e indefinidos, como si una lógica espacial los man-
tuviera cómodamente en vilo. Hablamos sin sentido y perdimos el temor a decir estupideces o a no
saber qué decir.

—Mañana a la tarde me voy —dije finalmente—.
Lo que voy a decirte tiene tanto sentido como si no
te lo dijera: no nos vamos a ver nunca más.

Hice un silencio y no me pidió que no siguiera.

—Cuando subimos la montaña, me parecías una
montaña más...

—¡Qué horrible! —exclamó.

—No, no —intenté recuperar—. Me encantan
las montañas. Quiero decir que te quería escalar a
vos. Me parecías una fuerza de la naturaleza. Y ahora te transformaste en mujer. No vamos a tener otra
noche como ésta: ¿vamos al consultorio?

Después, me dijo que nunca había estado con
otro hombre. Tampoco había tenido tantas oportunidades. Primero me sentí halagado por ser el único; luego descubrí que yo no importaba. Ella necesitaba uno distinto de su marido, aunque fuera una
sola vez, para paladear una sensación que le había
sido vedada desde siempre: una experiencia que para ella resultaba mucho más intensa que el adulte-
rio, y que yo ni siquiera sospechaba.

V

Nicanor llegó aquel mismo mediodía, cansado
y mal dormido. Rita había tenido tiempo de sobra
para bañarse —incluso aquel cuerpo interminable—,

y mis escasas experiencias extramatrimoniales me habían entrenado en la prudencia respecto al cuerpo de los otros. Los fornicadores sin vínculos sentimentales no deben dejar marcas. Pero quizá sólo el dinero es capaz de impedir la formación de un vínculo sentimental entre dos fornicadores. Ni Rita me había dado dinero a mí ni yo a ella: destellábamos los rayos delatores de los adúlteros. Me alegró la cara desfigurada por el sueño de Nicanor y su aspecto desordenado: no tendría la atención ni la energía necesarias como para reparar en los detalles invisibles.

Fue a dormir a la cama matrimonial y Rita me llevó a comer a lo de sus padres. Esa misma noche yo me iba.

En el camino, le sugerí que eludiéramos el almuerzo y lo hiciésemos una vez más en algún lado. Me contestó que con una vez le bastaba, y que no habría forma decente de explicarle a Nicanor por qué no habíamos comido en lo de sus padres.

En el almuerzo, don Baccio mantuvo un comportamiento moderado. Nos permitió comer en paz, pero no nubló mi visión de su crueldad: supuse que la calma se debía a un castigo terrible, durante la noche, en el cuerpo de su esposa. Imaginaba, bajo el delantal de cocina y la camisa blanca de doña Adela, un rosario de gruesas marcas violetas, moretones y mordidas. Su rostro no revelaba dolor ni pesar, pero tampoco hubiera dejado escapar una queja si en ese instante su marido le hubiese hundido la cabeza en la profunda olla de ravioles hirvientes. La moderación en esa casa no representaba armonía: tan sólo dolor silenciado.

Atisbé los antebrazos de Adela, en busca de heridas, cuando dejó el montón de ravioles en mi plato; pero sólo capturé su piel morena y aún suave. ¿Qué habría en sus hombros, en sus pechos? Me dije que lo único que podía hacer reaccionar a aquella mujer era la mención de su hijo muerto. Podía vencer el temor atávico si su marido volvía a utilizar al niño muerto para burlarse de algo o de alguien; se arriesgaría a ser duramente lastimada con tal de no escuchar en silencio cómo su hijo muerto era desecrado.

Los hombres solitarios conocemos dos modos de comer: frente al diario o mirando por la ventana. Pero compartir una mesa con una familia en la que nadie habla era para mí una novedad desagradable. Intenté pensar en otra cosa y olvidarme hasta de Rita. Los ravioles estaban muy buenos.

Cuando terminamos las papayas en almíbar, Adela me ofreció mate y me negué gentilmente. Fue el único momento en que don Baccio me dirigió la palabra, con una sonrisa feroz:

—Lo acompañó toda la noche —dijo—. El mate.

VI

Por la tarde, mi presencia en Velario carecía de sentido. Había conocido el pueblo y la cumbre, a la telefonista y al almacenero. Todos me parecieron extraños, muertos saludables, locos felices de poseer el secreto que los volvía locos. Sólo Rita me gustaba y Nicanor me parecía la única persona normal.

Mientras regresábamos de la casa de sus padres, pipón y satisfecho, volví a sugerirle a Rita que aprovecháramos el sueño de su marido para despedirnos. Una vez más se negó.

No me quejaba: los dioses habían sido generosos conmigo.

Cerca de las cuatro de la tarde Nicanor despertó y nos sentamos los tres en el pasto del jardincito, a tomar mate.

—Yo ya he vivido en diez casas distintas —le dije a Nicanor; y agregué inconsciente de mi imbecilidad—: mientras que vos vas a morir en esta misma casa en la que naciste.

¿Por qué le recordaba su muerte? ¿Por qué lo molestaba de ese modo? ¿No me bastaba con aquella infame mateada entre el marido, la adúltera y su amante? ¿Aún me restaba el tupé de celar a un marido y el resentimiento por haber sido dos veces rechazado por la esposa? Los hombres nos comportamos como se comportarían los niños si pudieran tener sexo libremente.

Pero Nicanor no acusó recibo de mi golpe, dijo con naturalidad:

—No nací en esta casa. Pero no me preocuparía morir aquí. Después de todo, es la casa de mis padres.

Rita se acercó a él conmovida, lo abrazó y lo besó en la mejilla. Me cebé un mate y lo sorbí como si brindara por su afirmación.

—¿Y dónde naciste? —pregunté.

—En el rancho donde mi padre fue tambero —dijo Nicanor—. Papá pasaba la mayor parte del tiempo en el campo de los Aldaba cuando era peón,

50

y mamá no se quería pasar sola los nueve meses del embarazo. Se fueron a vivir al rancho hasta que yo naciera. En ese rancho nací.

—¿Todavía existe el rancho? —pregunté.

—Sospecho que sí —dijo Nicanor—. Yo nunca más lo vi.

Rita propuso jugar un truco, pero yo dije que «gallo» no me gustaba.

—Entonces voy a jugar sólo con ella —dijo Nicanor.

Le extendió la mano, ella se la tomó con una sonrisa y marcharon juntos a la casa.

Me cebé otro mate, lo sorbí y me puse de pie.

VII

Caminé por el pueblo sin propósito. Todo estaba cerrado y vi a una rata cruzando la calle sin apuro. Deseé una mujer, cualquiera. No había otro modo de existir en aquel infierno. ¿Cómo serían las relaciones sexuales en esas casas, bajo ese sol y en ese desierto? No podían ser normales.

Juan, el chico de siete años, apareció de pronto, llevando una cuerda con un hueso de vaca atado en un extremo.

—¿Qué llevás ahí? —le pregunté.

—Un autito —me dijo.

—¿Vos viste al ovni? —le pregunté.

—Todos lo vimos —dijo.

—¿Cómo era? —le pregunté.

—Como un trompo con luces.

—¿Vos sabes lo que es un trompo con luces?

—No.

—¿Tenés algún juguete a pila?

—No.

—¿Vos subiste a la montaña?

—Todos subimos —dijo Juan.

Y me la señaló.

Juan siguió camino a no sé dónde, con su «autito» a rastras.

¿No habría burdel en este pueblo, pulpería, lugar donde emborracharse? Debía de haber todo eso, pero yo no lo iba a encontrar antes de irme.

De pronto, en una de las casas, descubrí un ladrillo blanco con una frase en piedra roja: «Toque Timbre».

No sé por qué, toqué.

Se abrió la parte de arriba de la puerta y asomó un viejo desdentado.

No me preguntó nada.

—¿Tiene ginebra? —le pregunté.

Desapareció y alguien cerró la puerta. Aguardé unos segundos y seguí viaje. Pero no había dado tres pasos cuando escuché un grito de urraca. Venía de la misma puerta en la que yo había tocado el timbre. El viejo me esperaba con una botellita, tras su ventanuco.

Me acerqué y me dijo que eran dos pesos.

Me dio una botella abierta, sin tapa, de medio litro, con algo que olía a ginebra.

Busqué el límite donde la zona urbanizada terminaba y comenzaban las raíces de las montañas. Me recosté y bebí la ginebra de a pequeños sorbos, hasta terminarla.

Logré atravesar la tarde.

Rita me acompañó a la parada. El chofer venía con un micro escolar desde Villa María, llevaba a la gente a Villa María y desde allí los pasajeros tomaban un ómnibus de línea a Córdoba.

Pero cuando subí, le ofrecí veinte pesos al chofer para que me llevara directamente hasta Córdoba y aceptó.

No hubo mayores explicaciones acerca de por qué Rita me acompañó sola hasta la parada del micro. Formaba parte de su función como guía.

Estaba lo suficientemente borracho como para suplicarle que nos despidiéramos detrás de unos arbustos, a unos metros de la parada. Ni siquiera había una estación con un baño.

Rita me dijo que no, pero con una sonrisa.

Cuando llegó el micro, nos dimos un beso.

Subí y me despedí por la ventanilla.

Adiós, mundo de los gigantes. Adiós, don Agustín y doña Micaela; adiós, sufrida doña Adela; váyase a la mierda, don Baccio.

Mientras me alejaba, no podía dejar de pensar en Rita y en cuánto me hubiera gustado tenerla una vez más. Verla aparecer de improviso en mi departamento, una calurosa noche porteña, y observar detenidamente su cuerpo, con la lenidad que no me había sido dada en la premura de la noche.

A mitad de camino entre Villa María y Córdoba, el chofer me habló. En realidad, prácticamente me despertó.

Yo había ocupado los dos segundos asientos de adelante y comenzaba a descabezar un sueñito.

—¿Cómo lo trató la Rita? —me preguntó con sorna; como si hubiera esperado alejarse lo suficiente de Velario.

—¿Qué? —pregunté.

—Que cómo lo trató la Rita —dijo el hombre.

—Bien —dije confuso, con resaca—. Es una excelente guía.

—¡No me diga que no se la volteó! —me dijo.

—Le digo —dije—. No me la volteé.

—¡Pero si es la única mujer del pueblo! —dijo el hombre.

—Me doy cuenta —dije—. Pero igual: no me la volteé.

—No es nada más que sea la única —dijo—. A la Rita se la dan todos. Hasta yo me la volteé a la Rita. ¿Vio el culo que tiene? Qué cacho de mujer.

—Es muy alta —dije. Y quise cerrarme la ventana en el cuello al descubrir en mi voz cierta pátina lacrimógena.

—Es una mina para voltearse en las montañas —dijo el hombre—. Pero yo me la hice acá. En los asientos del fondo.

Me quedé callado.

—Pero yo la entiendo, ¿eh? —agregó, no fuera cosa que me durmiera—. A nadie le gusta casarse con el hermano.

—El hermano está muerto —repliqué, como cuando Rita me había dicho «por supuesto».

—Ese pueblo es increíble —dijo el hombre. Todo Córdoba sabe que son hermanos, menos Velario—. ¡Qué pueblo increíble! —remató, soltando una carcajada forzada.

—Son marido y mujer —dije renunciando al sueño—. Que tengan la misma estatura no significa que sean hermanos.

—¿A quién salió? —me preguntó sacando una mano por la ventanilla para saludar a un camión cargado de chanchos.

—No entiendo —dije.

—Nicanor. ¿De dónde sacó esos metros de altura? ¿De dónde nació, de una espiga?

—La gente es alta porque sí —dije.

—¿Por qué no tienen hijos? —me preguntó.

—No es obligatorio tener hijos —respondí—. Y podrían tener hijos aunque fueran hermanos, como usted dice.

—Llevan cinco años de casados. ¿Por qué no tienen hijos? No tienen hijos porque saben que es una aberración, o porque la naturaleza no los deja.

—La naturaleza nos deja hacer cualquier cosa.

—Cualquier cosa, no —dijo—. Ellos están actuando contra la naturaleza. Pero en realidad, ¿a mí qué me importa?

El campo a los costados de la ruta parecía el mar de utilería de las películas. Cada tanto un camión cruzaba en sentido contrario, dejando tras su paso una estela de olor animal.

—¿Usted dice que Nicanor es hijo de don Baccio? —dije finalmente.

—Por supuesto —dijo.

—¿Micaela engañó a Agustín?

—Eso délo por hecho —dijo el chofer—. Pero el hijo no es de ella.

—¿De quién es? —pregunté.

—Igual que Rita. Es hijo de Adela y don Baccio.

—No lo entiendo —dije.

—Don Baccio se prendó de Micaela, la esposa de don Agustín. Cuando el otro estaba en el campo, la veía todos los días. Pero ella no puede tener hijos. Cuando tuvo el varoncito con su legítima, Adela, se lo regaló a Micaela.

—Usted está loco —dije.

—Era su sentido de la justicia —siguió el chofer—. Una de sus mujeres ya tenía una hija suya; el segundo debía ser para la otra. A Adela le dijo que nació muerto.

—¿Y Agustín, entonces? —dije—. Agustín tiene que estar enterado de todo.

—Claro que sí. De todo. Salvo Nicanor, todos están enterados de todo.

Pasó un camión con combustible y me callé para que el chofer pudiera maniobrar sin molestias.

—¿Y cómo dejaron casarse a los hermanos entre sí?

—Qué sé yo, mi amigo —dijo acelerando—. Es un pueblo increíble.

Imaginé a todo ese pueblo, subiendo a la cima de una montaña, quemando el pasto con solvente como creando el símbolo de una nueva religión o el del final de todas ellas. O no, quizás había bajado un ovni y todos lo habían visto. Yo miraba por la ventana.

—Tengo que ir a Buenos Aires —me dijo el chofer—. Si me da ochenta pesos más, lo llevo.

—De acuerdo —dije.

A cajón cerrado

Me había pasado el día intentando escribir esa bibliográfica. Pretendía leer el libro en las tres primeras horas de la mañana y escribir el comentario pasado el mediodía. Pero había logrado finalizar la lectura cuando se iba la luz de la tarde, a duras penas, salteándome varias páginas.

Me jacto de ser un comentarista que lee completos los libros que reseña; y si el libro es tan arduo que me aparta de este principio, sencillamente no lo reseño.

No podía cargar sobre el autor la entera culpa de que aquella breve novela no permitiera ser leída de un tirón. En los últimos meses había ido desarrollando una suerte de afección simbólica: sin importar la calidad del texto, me costaba más leer cuando me pagaban por hacerlo.

Este libro en particular no era malo, pero se notaba que el autor había perdido las riendas de un cuento, finalmente convertido en novela corta. Los editores habían creído conveniente presentarlo como una novela a secas. Lo cierto es que aquello no era un cuento largo sino alargado, y la diferencia entre estas dos palabras se advertía, desventajosamente, en la factura última del relato. Se llamaba *La señora de Osmany*, y trataba de una viuda que recurría a la policía tras escuchar durante días, a altas horas de la noche, violentos golpes de martillo en el piso de abajo. El incidente derivaba en una historia policial de homicidio, enigma y, quizá, fantasmas.

Recién pude sentarme frente al libro con animo crítico y productivo cuando mi hijo se hubo dormido, cerca de las doce de la noche. Y aún tuve que esperar una buena media hora a que mi mujer se quitara el maquillaje y se metiera en la cama, para comenzar a tipear las primeras letras sin temor a ruidos imprevistos.

Pero cuando todavía no había dado la una, como si se tratara de un cuento fantástico, alguien, en algún lugar de mi edificio, presumiblemente debajo de mi departamento, inició una discreta tarea de remodelación: se oían ruidos de muebles al ser arrastrados, sillas que caían, incluso algún martillazo. Quizás una mudanza, o un arreglo a deshoras (cuando nos desvelamos, olvidamos que los demás duermen). O un vecino estaba siendo robado y asesinado. Como fuere, no me permitía escribir. El influjo benefactor con que la madrugada premia a todos quienes renuncian a horas de sueño para cumplir con sus labores, me estaba siendo arrebatado por aquella bandada de ruidos fuera de programa.

Apagué la computadora, recogí un cuaderno, una lapicera, y avisé con un susurro, a mi mujer dormida, que me iba a un bar a terminar el trabajo. Me contestó con un murmullo alarmado, como

si le respondiera a una de las criaturas que pobla-
ban su sueño.

Por las dudas, arranqué una hoja del cuaderno,
repetí el mensaje por escrito y lo dejé en el piso junto a la puerta.

Desde que me casé, no acostumbro salir a esas
horas de mi casa, y menos aún para dirigirme a un
bar. Pero no tenía alternativa: al día siguiente por
la tarde debía entregar mi comentario, por la mañana me aguardaban una serie de compromisos y
con aquellos ruidos no podía escribir.

De soltero, no era imposible que decidiera bajar
a la calle a cualquier hora de la madrugada. Sufría
ciertos ataques de ansiedad que sólo podía dominar
abandonando mi solitaria habitación y buscando algún sitio donde pudiera observar otras caras, autos
o cualquier movimiento medianamente normal. El
matrimonio y la paternidad me habían vuelto, gracias a Dios, un hombre más tranquilo.

Atravesé el barrio como si nada malo pudiera
pasarme y recalé en un 24 horas de Agüero y Rivadavia. Curiosamente, no sentí la penosa melancolía que podía haber acompañado la repetición de un
hábito de una época pretérita, en la que había sido
un hombre solo y por momentos atormentado, sino la suave euforia del marido alegre en el reencuentro con migajas de libertad que ya creía imposibles. Elegí una lata grande de cerveza, una bolsa
de saladitos, y me senté detrás de un trío de mujeres adolescentes. Su charla no me desconcentraba;
por el contrario, comencé a trabajar con ahínco, y
mirarlas me permitía las necesarias pausas antes de

corregir un párrafo o iniciar otro. Estaba tan contento que trataba al libro mejor de lo que merecía. La cerveza ayudaba.

Entonces un señor se acercó a mi mesa sonriendo.

Me extendió la mano.

Por un momento pensé: «Es el autor».

Sumada a la de los golpes bajo mi departamento, esta coincidencia podría haber alterado el curso lógico de mi vida. Pero en un instante comprendí que el libro había permanecido durante todo el tiempo con su tapa contra la mesa, y que este hombre venía desde una posición en la que le hubiese sido imposible saber qué texto estaba yo leyendo.

El hombre dijo mi nombre y me preguntó si era yo.

Lo miré extrañado y finalmente exclamé:

—Pancho.

Era Pancho Perlman.

Ahora sonreía. No sé cuán gordo estaba, pero la cara parecía a punto de reventar. La tenía hinchada, los ojos casi achinados. Debía llevarme tres o cuatro años (lo calculé como si fuera su cara, y no las fechas reales de nuestros nacimientos, la distancia de tiempo entre nosotros).

No hubiera sido difícil que recordara su nombre por el nombre en sí: no hay muchos judíos apodados Pancho ni llamados Francisco, y él era el único del club judío donde nos habíamos conocido.

Pero hay detalles que borran toda otra huella. El padre de Pancho Perlman se había suicidado cuando él era un niño. Y cuando yo era un niño también.

No sé por qué, yo había concurrido al velorio. El velorio judío, con el cajón cerrado. Recordaba un manto de color crema, con la estrella de David bordada en el medio, cubriendo el cajón. También recordaba que el manto tenía una quemadura de cigarrillo en una de sus esquinas, y que entonces me había parecido la seña de que el hombre se había quitado la vida.

No les pregunté a mis padres, pero durante años mantuve la certeza —callada e interna— de que cuando un judío se suicidaba, además de enterrarlo contra la pared en el cementerio, se quemaba con un cigarrillo una de las puntas del manto con la estrella de David que cubría su cajón.

Creo que sólo me libré de este pensamiento herético —si es que realmente me libré— cuando tuve que concurrir al terrible velorio de un amigo que se había suicidado en la flor de la edad, en la flor de su éxito y en la flor de su vida en general. Nunca supe por qué se suicidó.

Tampoco tenía claro por qué se había matado el padre de Pancho Perlman.

Invité a Pancho a sentarse a mi mesa, e inicié la tarea de recolectar argumentos y palabras para explicarle que debía entregar una nota al día siguiente. Aunque hacía veinte años que no nos veíamos, aunque yo había estado en el funeral de su padre suicida, aunque teníamos toda una vida para contarnos y la casualidad nos había reunido como una casamentera, debía explicarle, mi familia necesitaba mi dinero y para conseguir el dinero yo tenía que terminar mi trabajo.

«Las personas que no nos suicidamos, Pancho», pensé con una crueldad que me asustó, «tenemos que cumplir lo que nos toca».

—Te leo siempre —me dijo—. Sos uno de los pocos periodistas que me interesan.

—Muchas gracias —dije—. Hago lo que puedo.

—Me voy a buscar un café —dijo.

—Mirá... —comencé.

Pero Pancho ya había salido hacia la caja. Regresó al minuto con un café en la mano.

—¿No te dejan escribir todo lo que querés, no?

—En ningún lado —dije—. Pero ahora tengo que terminar una nota.

—¿Ahora, ahora? —me preguntó incrédulo.

—Ahora, ahora —afirmé—. ¿Y qué hacés vos por acá?

Pancho tardó en contestarme.

Finalmente, vacilando acerca de si debía revelármelo o no, respondió:

—Hay noches que no me soporto solo en casa.

La confesión me doblegó. Insistiría en que debía trabajar, pero ya no encontraba fuerzas para pedirle seriamente a Pancho que postergáramos nuestro encuentro.

—¿Te casaste? —me preguntó.

—Y tengo un hijo —dije.

Pancho había dejado el café sobre mi mesa, pero aún no se había sentido lo suficientemente invitado.

—Sentáte —capitulé—. ¿Y vos?

Pancho metió como pudo su anatomía entre el banco y la mesa de fórmica. Una camisa celeste férreamente sumergida en el pantalón compactaba su barriga; llevaba vaqueros azules involuntariamente gastados y zapatos de gamuza marrón sin cepillar.

Dudó también en responder esta pregunta.

—Lo mío es una historia —dijo finalmente—. Me casé dos veces, y tuve dos hijos con la peor de las dos.

—¿Qué edades tienen? —pregunté.

—Siete y nueve —dijo—. Pero mi ex mujer no me los deja ver.

En el silencio inmediato a la exposición de su drama, decidí que escucharía a Pancho cuanto él quisiera y luego, fuera la hora que fuera, acabaría mi bibliográfica. Llegaría a casa con el tiempo justo para pasarla a la computadora y dormir unas horas antes de cumplir con el primer compromiso de la mañana. Necesitaba un café bien cargado.

—Voy a buscar un café —avisé.

Pancho asintió. Una sonrisa de extraña felicidad emergió en su cara. Era la tranquilidad del hombre solo, atormentado, que en la madrugada ha encontrado con quien conversar.

Caminé hacia la caja pensando en la sencillez de Pancho. Sancho Perlman, debería llamarse. Toda su vida había sido un hombre transparente. Sus sentimientos, sus deseos, afloraban de él antes de que pudiera expresarlos voluntariamente. Con la cara hinchada, sus gestos eran aun más evidentes.

En mi familia, las pasiones y dolores no se libraban con tanta facilidad. Cada uno de los integrantes de mi clan familiar poseía un rictus que variaba, sin demasiada relación con la experiencia real, de la tristeza a la alegría, en función de quién estuviera en frente. Luego de ese rictus, venían las palabras. Y por debajo de ambos, sin llegar nunca a hacerse públicos, ni para nosotros ni para los demás, nuestras tragedias o placeres. Nadie es lo suficientemente inteligente como para conocer sus propios sentimientos, y mi familia jamás se hubiese permitido decir algo que no fuera inteligente o sobre lo que no conociera al menos en sus tres cuartas partes.

Los Perlman no eran necesariamente más pobres que nosotros; pero sí decididamente más incultos y vulgares. El máximo plato al que aspiraban era la milanesa con papas fritas y su postre utópico era el dulce de leche. Nos llamaban «paladar negro» porque nos gustaban pescados que no eran el filet de merluza. Betty Perlman se vestía muy mal, y pretendía intercambiar vestidos con mi madre. Esto ocasionó que mi madre siempre le prestara vestidos a Betty y, muy de vez en cuando, aceptara de ella alguno, que fatalmente terminaba colgado en el ropero y arrugado un poco antes de ser devuelto, para que Betty no descubriera el desprecio. Natalio Perlman era un judío más practicante que mi padre, pero conocía mucho menos de la cultura judía en general.

Mi familia no era especialmente refinada, encajábamos con comodidad en la clase media; pero los Perlman ingresaron en el poco definible segmento de personas con sus necesidades básicas solucionadas y sin interés por ninguna otra necesidad. Tomaban prestado del grotesco italiano y del atolondramiento judío para componer aquel espectáculo de bocas abiertas al comer, lugares comunes al hablar y despreocupación en general.

Y sin embargo, sin embargo... Los Perlman reían. No con la risa maníaca de mi padre, o la risa contenida de mi madre. Reían sin darse cuenta. Reían por un chiste imbécil o por algún accidente de alguno de ellos mismos. Natalio y Betty Perlman se besaban. Salían de viaje y dejaban a los dos hijos con los abuelos. A veces, los Perlman, Betty y Natalio, se mataban a gritos delante de nosotros; y mi madre me decía:

—Ves, mucho besito pero en realidad se odian.

Yo nunca me atreví a contestarle:

—No, no se odian. Las parejas humanas también se gritan y se enojan. El odio es entre mi padre y vos, que ni se dan besitos ni se gritan.

Tampoco tenía derecho ni conocía lo suficiente de las parejas: ni de la de mi padre y mi madre, ni de la de Betty y Natalio.

Y tampoco hoy sé mucho de mi relación con mi mujer, ni creía que Pancho supiera por qué, exactamente, se había separado de su mujer ni por qué no lo dejaba ver a sus hijos.

—¿Y por qué te separaste? —le pregunté, regresando con el café.

—¿Conocés a los Lubawitz? —me preguntó.

—Sí —dije—. Incluso los menciono en un cuento.

Los Lubawitz eran una suerte de «orden» judía, con las ideas de los ortodoxos y los métodos de los reformistas: utilizaban camiones con altoparlantes, organizaban actividades y trataban de adivinar quién era judío, por la calle, para sugerirle un rezo o ponerle los tefilín.

—Ahora los podés mencionar en otro —me dijo Pancho—. Mi mujer se hizo Lubawitz. Yo siempre fui muy judío, en casa festejábamos todo. Pero mi mujer se pasó. Se peló, se puso la pollera, me conminó a dejarle crecer los peyes a los chicos. ¿Podés creerlo? No la aguanté. Soy judío hasta la médula, pero también tengo mi tradición. Mis comidas. Ahora los Lubawitz le dicen a mi ex mujer que no me deje ver a mis hijos.

Iba a preguntarle: «¿Y tus padres que dicen?». Pero recordé que Natalio Perlman ya no estaba entre los vivos.

—¿Y tu mamá? —pregunté.

—Está destruida —me dijo—. Dice que ya no quiere vivir. Estoy tratando de llegar a un arreglo, con mi ex mujer, para dejar de insistirle con que me deje ver a mis hijos semanalmente, a cambio de que se los deje ver semanalmente a mi mamá.

—¿Cada cuánto los ves?

—Cuando puedo —dijo Pancho.

Y se terminó la gota fría de café que le restaba en el fondo de la taza de plástico.

Pancho Perlman, el hombre sencillo, ya no era tan sencillo. Y sin embargo, seguía siéndolo. Todas las familias, todas las personas, sufrían tragedias a lo largo de la vida: accidentes, grandes peleas y, como en este caso, divorcios. Lo que diferenciaba a los sencillos de los refinados era la actitud ante cada una de estos cataclismos. Pancho Perlman no había concurrido con su mujer *new-lubawitz* a una terapia de pareja. Ni su mujer había probado combatir su frustración con la comida macrobiótica o el yoga. Ante el primer traspié en el desarrollo de su psiquis, o de su matrimonio, o lo que fuera que la hubiese desbarrancado, la señora de Pancho Perlman había ido a abrevar directo a las fuentes: al *shtetl*, a las costumbres piadosas de sus antepasados.

Y el divorcio... Nada de diálogo ni de intercambio pacífico. Pasión y odio: no te veo más, y ni pienses en volver a ver a mis hijos.

No era forma de solucionar las cosas, pero lo cierto es que no existe forma alguna de solucionar las cosas; y sencillamente Pancho Perlman y su esposa lo sabían antes que muchos. Yo rogaba para que mi mujer nunca decidiera abandonarme, y para resistir en mi hogar hasta que mi hijo cumpliera treinta años. Eso era todo lo que se me ocurría para mantenerme dentro de los límites de lo que consideraba la normalidad.

Lo único que se me ocurría sugerirle a Pancho era que se hiciera practicante e intentara reconquistar a su ex esposa por esa vía. Pero no me atreví a decírselo. Además, había vuelto a casarse; y a mí me estaba entrando el hambre y un tentador sandwichito de jamón y queso en pan negro clamaba por ingresar en el microondas. No era el mejor momento para convocar a nadie a regresar a la senda de nuestros ancestros.

Me levanté a buscar el sándwich mientras Pancho me hablaba de su nueva mujer, una ecuatoriana mulata.

Ahora el libro de la señora de Osmany me parecía una excelente *nouvelle*, discreta y atractiva, y no encontraba deficiencia alguna en su desarrollo y longitud. El segundero del microondas me pareció el contador de los años de mi vida; pensé en cuántos buenos libros habían perdido su oportunidad de una buena reseña, sólo porque el crítico no se había tomado una madrugada más y no se había encontrado con Pancho Perlman.

«Es correcto», me dije, «milanesa con papas fritas, flan con dulce de leche, mulata ecuatoriana».

Pancho Perlman, a su modo, había seguido las líneas familiares. Y yo aún continuaba admirando su sencillez. Pero... ¿por qué don Natalio Perlman se había suicidado? Ya lo he dicho: no lo sé. Nadie sabe por qué las personas se suicidan. Tampoco sabemos por qué queremos vivir. Pero suicidarse es extraño, y querer vivir es normal.

Natalio Perlman era un hombre normal. Sus comidas eran normales, su comportamiento era normal, el amor por su mujer y sus hijos era normal. Hasta fue normal que se acostara con la mujer de la limpieza, la llamada *shikse*.

Mary era una paraguaya ni siquiera exuberante. Tenía sus pechos, eso sí, y en el club la mentábamos al igual que al resto de las *shikses*. Pero no eran mucho más grandes que los de la propia Betty, y Mary ni siquiera era tanto más joven.

¿Por qué había derivado en tragedia aquel previsible incidente?

Muchos maridos como Perlman habían tenido alguna aventura, ya sea con su propia doméstica, con la de un amigo o con una mujer X. Y, como mucho, el drama culminaba con la doméstica despedida, o con la otra rechazada, o con una separación en regla. ¿Pero un suicidio?

Dicen que Mary estaba embarazada. Qué sé yo. También se rumoreó que Natalio se perdió por esa mujer, y que ella tenía otro, en Paraguay. Mis padres no aceptaban por buena versión alguna. En mi casa, no estaba bien visto regocijarse con los chismes. O hacerlo público. ¡Cuán aliviados se habrán sentido mis padres al testimoniar el completo fracaso de la gente sencilla!

Ahí tenés cómo terminan, podía escuchar a mi madre, los que se dan besitos en la puerta. Los que se ríen involuntariamente, los que cuentan chismes, los que se matan a gritos y se reconcilian locamente. Ahí los tenés.

Toda una vida de contención, de pasiones sofocadas, de sexo dosificado, recibía por fin un premio inapelable: nosotros, querido, no nos suicidamos.

Y, sin embargo, sin embargo..., en mi familia había un suicida. Era nada menos que el hermano de mi madre. A los diecinueve años, mi tío Israel se había suicidado. Fue en el año 1967, yo apenas tenía un año.

La diferencia entre las familias sencillas y refinadas ante la tragedia: me enteré de la existencia de mi tío Israel a los quince años. Quiero decir: en una misma hora me enteré de que había existido, de que había tenido diecinueve años y de que se había suicidado. Como si se tratara de una adopción, mi abuela había guardado el secreto del suicidio de su hijo. Pero no era una adopción, era un hijo muerto.

A mis primas se les dijo que mi tío había muerto en la Guerra de los Seis Días. Con la adultez, una decena de años después de enterarme de la existencia y

muerte de mi tío, siempre recordé con un estremecimiento de frío su nombre, el mismo nombre del
país de los judíos, que había estado a punto de desaparecer por la misma fecha en que mi tío se suicidó.
Los judíos lograron defenderse en su país, pero mi
tío no logró derrotar a sus demonios internos. Tampoco lo logró mi joven amigo, ni Natalio Perlman.

¿Y por qué se había suicidado mi tío? No lo sé.
Nadie lo sabe.

Mi madre, cuando no le quedó más remedio,
me contó una historia de psicosis. Pero nada quedaba claro: había sido un chico normal hasta que se
suicidó.

Mi tío había asistido a mi nacimiento y a mi cir-
cuncisión, me había tenido en brazos, pero yo no
supe de él hasta los quince años. Así lidiaban con
las tragedias las familias refinadas.

La sencilla familia Perlman había llorado sobre
el cajón de Natalio, habían invitado a amigos y conocidos al ritual de la tragedia, lo habían enterrado
en Tablada —en una ceremonia, sí, íntima, de la que
sólo participaron Betty, los chicos y los abuelos—.
El suicidio está penalizado por la religión judía, los
muertos por mano propia son enterrados contra un
paredón alejado del resto y visitados sólo por sus
parientes más cercanos. Pero el barrio entero sabía
que se había suicidado.

¿Un tiro? ¿Veneno? No recordaba. Y no se lo iba
a preguntar a Pancho a las dos de la mañana. Mi tío,
sabía, se había pegado un balazo en la boca, sentado
al borde de una terraza, luego de ser un muchacho
normal durante diecinueve años.

El sándwich me había adormecido y tuve que ir en busca de otro café.

Cuando regresé, quería que Pancho se fuera y ponerme nuevamente a trabajar. No obstante, me oí preguntar:

—¿Cómo fue que se mató tu papá?

¿Cómo pude haber preguntado eso? ¿Qué tipo de locura me había asaltado? ¿Así es como se comportaban los hijos de las familias refinadas? ¿Así era como continuaba la senda familiar de contención y rictus? ¿Qué había pasado con aquel hombre que yo era, que sabía que decir la verdad nada solucionaba y por lo tanto más valía hablar de cosas sin importancia y no molestar?

Pancho me miró, creí yo, procesando una docena de preguntas: «¿Está loco este tipo? ¿Me está preguntando de qué modo se mató mi papá, o por qué? El modo en que me lo preguntó ¿es frialdad ante la tragedia, o la compulsión a soltar la pregunta sobre un enigma que lo apesadumbró durante toda su infancia?».

Yo podría haber contestado «sí» a todas ellas.

¿Acaso podía quedarle aún una gota de café en su taza? ¿Por qué se estaba llevando esa informe vasija de plástico blanco a los labios?

Lo que fuera que hubiera en la taza —granos de azúcar humedecidos o el solo vacío—, Pancho lo bebió.

Miró el reloj colgado de la pared —las dos y diez—, miró a las tres adolescentes —una de ellas se había dormido—, y me dijo:

—Mi papá no se suicidó.

Siguió un diálogo en el que todas mis capacidades retentivas fueron desbordadas. Ya no sabía si preguntaba lo que deseaba preguntar, ya no sabía qué quería callar y qué decir. No sabía qué quería saber. Estaba seguro, y creo que desde entonces lo estaré para siempre, de que, supiera lo que supiera, no conocería la verdad.

—¿Lo mataron? —pregunté.

—No. Está vivo.

El cajón cerrado, el manto con su quemadura en la punta, el llanto de la familia simple... Todo un fraude.

Natalio Perlman había huido con la *shikse*. Betty Perlman, incapaz de aceptarlo, lo había dado por muerto. Lo había velado en su casa. Había hecho creer al barrio que se había suicidado.

Padre, madre y suegros habían permitido que se diera a Natalio por muerto. Habían viajado en coches fúnebres hasta no se sabía dónde, y regresado a sus casas. A los chicos se les dijo la verdad: el padre había huido con Mary. Pero para el resto del mundo, Natalio, su padre, se había suicidado.

Yo vi a Pancho durante pocos años después de la muerte de su padre. Si no recuerdo mal, la última vez había sido en los días posteriores a mi *bar mitzvá*.

No sé, desde entonces, si habrá logrado mantener el secreto como lo consiguió conmigo. Ni tampoco se lo pregunté en ese 24 horas, a las dos y media de la mañana.

Supongo que a su esposa y a sus dos hijos les habrá dicho la verdad. Y que decir la verdad tampoco habrá servido para nada. Pocas de las afecciones del alma son comunicables. ¿Les habrá dicho la verdad a su esposa y a sus hijos? ¿Para qué?

¿No era acaso mejor permitirles creer que su abuelo y suegro estaba muerto, antes que relatarles la incontable historia de la señora que veló falsamente a su marido fugitivo?

Vi en mi recuerdo la mancha en la punta del manto y sentí náuseas. Me levanté y corrí al baño. Pero mirándome al espejo, en vez de vomitar comprendí: la mancha en la esquina del manto no señalaba a los suicidas; era un guiño para avisar a los entendidos que el cajón estaba vacío.

«Tranquilos, muchachos, el cajón está vacío. Es todo una joda.»

Regresé a la mesa hablando imaginariamente con mi madre: «Viste, mamá. Las personas que se besan en la puerta, que ríen y se gritan, no sólo no se suicidan: ni siquiera van a morir alguna vez en su vida».

—¿Te shockeó, no? —preguntó Pancho.

Asentí.

—¿Cómo pudiste mantener el secreto? —le pregunté.

Se encogió de hombros.

¿Pero acaso mi abuela no había logrado borrar la existencia de su hijo, al menos para mí, durante quince años?

—Ahora está en la Argentina —me dijo.

—¿Quién? —pregunté.

—Mi padre —dijo Pancho—. Natalio.

Miré en las góndolas del 24 horas buscando algo más que comer o beber, pero nada me interesaba.

—Hace como diez años que la paraguaya lo dejó. Ni bien llegaron a Paraguay, él supo que ella estaba casada. O al menos que tenía un hombre allí. Mi padre terminó financiando al matrimonio. El amante era el otro, y mi padre el marido cornudo.

—¿Y recién ahora volvió?

—Fue una reparación para mi madre: la dejó darlo por muerto. Además, mis abuelos nunca le perdonaron haberse escapado con una mujer no judía.

—¿Por qué me dejaron a mí entrar en ese velorio? —pregunté.

—Nunca supimos cómo fue que apareciste por ahí.

—Creo que te fui a visitar —dije—. Y de pronto me encontré con... con eso.

—No —dijo Pancho—. No puede haber sido así.

—Qué sé yo —dije—. Éramos muy chicos.

Como un holograma en el aire, en mi memoria apareció la imagen de Pancho junto a mí, los dos con pantalones cortos, intentando comprender cómo era ser niños, niños judíos del barrio del Once en un país gentil. Ahora nos estábamos preguntando cómo ser adultos.

Quité la vista de todos lados.

—¿Ya lo viste? —le pregunté.

—Hace dos meses que lo veo —me dijo—. Está bastante mal —y agregó con una coherencia oculta—: Ahora que mi mamá no puede ver a sus nietos, ella también necesita compañía.

—¿Y ellos dos se vieron?

—Creo que no. Él vive en una pensión.

—¿De qué trabaja?

—De nada. Vive de lo que hizo con el contrabando en Paraguay. Quizá mantiene todavía algún «bagayito».

La palabra «bagayito» sonó como una cornetita de cartón en un velorio. En un velorio de verdad.

—Ya no voy a poder dormir —me dijo Pancho, el sencillo.

—Yo tengo que trabajar.

—Te dejo —me dijo.

Le iba a decir que no hacía falta, pero se fue.

Después de todo, eran una familia sencilla. Las personas simples no se suicidaban; como mucho, fingían los suicidios.

La señora de Osmany era un gran libro. «Cumple con el deber de cualquier ficción», escribí, mientras una de las adolescentes pavoneaba su enorme y hermoso trasero en busca de una ensalada de fruta en vaso, «evitar la realidad. Consolidar un relato lógico y verosímil».

Eloísa sabía

El profesor Lurek aguardaba en el jardín. Su alma temblaba, como las hojas pentagramadas que a
veces colocaba en el atril a la intemperie, durante
el verano, movidas a traición por una de esas brisas
inesperadas que no alteran el clima del aire pero a
menudo cambian de lugar los objetos.

Aquel era un día de verano, pero el profesor Lurek tenía frío. El ojo izquierdo titilaba, y su mano
era agitada por una voluntad desconocida.

Eloísa formaba parte del verano. Extendida en
la cama, lánguida y mansa. Cualquiera pudo haberla
tomado por una enferma: en medio del día esplen-
doroso, yacía sin siquiera un libro en la mano, ob-
servando la redecilla del techo de su cama y cubierta
por una sábana hasta la cintura a pesar del calor.
Pero su abandono era una saludable mezcla de las-
civia y calma. Bajo el torso cubierto de una camisa
de gasa, estaba desnuda. Los pelos de su vientre eran
rubios y prolijos.

Lurek se dijo que había perdido la mejor parte
de su vida. Durante años, había batallado contra sí

mismo para que la obsesión por su oficio —la química— no se interpusiera en su amor por Eloísa. La amaba con una devoción escasa entre los científicos: él hubiese sido capaz de callar su eureka con tal de conservar a Eloísa, hubiese renunciado al descubrimiento de la palanca o de la penicilina.

De hecho, recientemente había decidido no viajar al Encuentro de Málaga, donde expondría personalmente su hallazgo más esperado: el líquido que curaba las caries sin necesidad de intervención médica. Su ausencia en el congreso no le restaba reconocimiento ni dinero —las revistas de todo el mundo no hacían más que mencionarlo y su situación financiera parecía resuelta de por vida—, aunque lo privaba de la primera mirada asombrada, admirada y resentida de sus colegas, del aplauso físico y del abrazo de los amigos.

Pero en el último año se había internado en el trabajo de tal modo que casi había alterado aquel equilibrio entre sus dos vocaciones. Para el profesor Lurek, su descubrimiento más preciado era la fórmula que le permitía conservar su posición profesional sin perder a Eloísa.

Y ahora, luego de ausentarse del congreso, luego del reencuentro con su amada, luego de tres noches en que no había tenido ojos más que para ella, echaba todo por la borda.

El profesor Lurek temblaba en su jardín.

Había perdido a Eloísa. Ella lo aguardaba en la cama, probablemente semidesnuda, pero no tardaría en vestirse luego de su relato. No tardaría en pedirle que se marchara. O en marcharse ella.

Ni siquiera había sido la química —aquel tenaz enemigo ante el que tantos reparos esgrimió, con el que tantos acuerdos fraguó— la causante del cataclismo. No. La razón era más trivial, estúpida e incomprensible: otra mujer.

La mañana anterior, luego de una intensa noche de amor, Eloísa había marchado al pueblo —del cual no regresaba nunca antes de las siete de la tarde— y una periodista de un diario capitalino se había anunciado en la casilla de seguridad de la residencia de los Lurek-Spinozz.

El profesor, resignado a pasar unas horas sin Eloísa —«no quiero torturarte haciéndome esperar mientras escojo los vestidos: después de todo es tu dinero y no quiero que presencies cómo lo malgasto»—, concedió a la reportera una improvisada entrevista. Aquella jovencita altiva, toda ella respingada, había averiguado por sus propios medios que el profesor no concurriría al Encuentro de Málaga. El grueso de los periodistas tardarían algo más en enterarse, muchos no conocían ni el teléfono ni la dirección de su residencia veraniega; y al resto podía negarse a atenderlos hasta que su deuda de tiempo con Eloísa fuera saldada. Estando Eloísa casualmente de paseo, ¿por qué no solazarse con una pizca de reconocimiento en vivo, luego de haber rechazado estoicamente el gran banquete de elogios que representaba el Encuentro?

Después de todo, salvo Eloísa, nadie aún lo había felicitado en persona. Ni el servicio doméstico ni el personal de seguridad de la residencia estaba al tanto de aquel portentoso salto científico y médico, pese a que sin duda, en menos de una decena de años, cambiaría sus vidas y la de su descendencia. (La cura indolora y química de las caries, sin intervención de tornos ni dentistas, sería durante un par de años económicamente prohibitiva para las clases de menores recursos.)

La periodista, sin embargo, no había hecho la menor referencia a los mínimos detalles amargos de su revolución. Lo había colmado de halagos como una nativa hawaiana. Casi no le permitió responder las preguntas. De modo retórico, le preguntaba si acaso sabía que él, el profesor Lurek, acababa de convertirse en el apellido que le permitía a la ciencia médica despedirse victoriosa de este siglo. Cuando lo comparaba con grandes creadores y científicos, inclinándose hacia adelante en el afán de que la modesta voz de Lurek alcanzara el micrófono del grabador, le mostraba los pechos. No eran mejores que los de Eloísa. Lurek amaba la piel blanquísima de su esposa, y éstos eran dos manzanas morenas. Los labios de la periodista sufrían o gozaban un prodigio o una maldición: dijeran lo que dijeran —y ciertamente no se alejó un ápice del texto riguroso y profesional de la entrevista— transformaban las palabras en promesas impúdicas.

Cuarenta y tres minutos después de comenzado el reportaje, no más de dieciocho horas después de haberse entregado a su esposa en cuerpo y alma, ocho meses después de haberse dedicado con tesón, pero sin olvido de Eloísa, al descubrimiento que le garantizaba la gloria, su rostro se hundió entre los pechos de la extraña y la tuvo en la habitación de servicio, logrando a duras penas no violentarla imprudentemente en el jardín.

El profesor no comprendía, pero se sometió a su propio cuerpo. ¿Por qué lo estaba haciendo? Si estaba saciado, feliz, glorioso...

Nada importaba ya. Ni las preguntas ni el pasado. De algún modo, se había suicidado del modo más necio: el suicida feliz.

La periodista lo había mordido: le había marcado el cuello, el pecho y el hombro derecho. No cabrían excusas ni pretextos: aquéllas eran marcas de mujer.

Eloísa sabría, por el servicio doméstico, por la guardia de seguridad, que una mujer lo había visitado. El profesor Lurek, además de que no encontraba un solo resquicio teórico con el cual ocultar el origen sexual de aquellas marcas físicas, no quería concederse la infamia de pedirle al servicio doméstico que ocultara a Eloísa la visita de la periodista. Mantener un secreto con los criados, a espaldas de su esposa, le resultaba una cretinada no menor a aquel estrafalario, inesperado desastre carnal.

Dios no lo daba todo: contra su mayor victoria profesional, le pedía en sacrificio el amor de su vida.

Lurek se pasó una mano por el rostro. El fin estaba cercano. Ya no era más que un despojo, sólo le rogaba al Dios impiadoso que no hiciera sufrir a Eloísa.

Dios debía existir, necesariamente existía: un universo ciego no podía generar semejante contrapeso entre el amor y la gloria. Aquello era obra de una voluntad inteligente y todopoderosa, no alcanzaba un destino azaroso y casual para explicarlo. ¿Por qué había roto el vestido de aquella chica, porque la había poseído con furia y alivio, ¿por qué había arruinado su vida?

Eloísa había llegado del pueblo y no lo había saludado. Corrió al cuarto, evitándolo expresamente, y desde la cama lo llamó por el teléfono inalámbrico que los conectaba en la residencia. Paco, el jefe de seguridad, le llevó personalmente el teléfono a Lurek.

Escuchó la voz fresca y feliz de su esposa:

—Compré todos los vestidos que pude, hasta que me aburrí. No me puse ni uno. Te espero en la cama.

Lurek apretó el botón que interrumpía la comunicación y dejó caer el teléfono. Hasta en aquella instancia la sabiduría intuitiva de Eloísa era perfecta: le había permitido unos minutos de reflexión antes de la catástrofe.

De haberlo saludado al llegar, habría notado las marcas antes de que él pudiese siquiera preparar un gesto. Las del pecho y el hombro podía taparlas la ropa, pero la del cuello era inocultable. Era una marca morada con la forma de dos labios, inconfundible: al mirarla en el espejo, a Lurek se le antojó el síntoma de una enfermedad venérea mortal.

«Y lo es», se dijo.

Miró hacia el cielo y pensó en los kamikazes japoneses que se despedían del emperador antes de emprender su viaje hacia la muerte.

Se sintió tan estúpido e infame como ellos. Dios no aceptaría el saludo de un pobre infeliz. Dios no era un psicótico emperador japonés. Era un estratega genial.

La expresión de su rostro entró en la pieza antes que él. No había atravesado la puerta cuando Eloísa le preguntó aterrorizada qué le pasaba.

Lurek estaba pálido. El ojo izquierdo se le cerraba y abría contra su voluntad. La mano izquierda temblaba indomable. La nuez de Adán golpeteaba contra su garganta y él creía escuchar una extraña y denunciante percusión.

Lurek, como los kamikazes flamígeros, cayó envuelto en llanto sobre el regazo de su esposa.

—¿Qué pasa? —preguntó ella.

Lurek reveló todo. Sin pausa, en orden, transmitiéndolo con el mismo desconcierto con que le había sucedido. No pedía perdón, pero tampoco lograba expresar culpa. No lo decía, pero se consideraba un ser anormal; aunque no buscaba justificativos en esta condición. Dejó que su relato lo condenara, sin ademanes ni exageraciones, sin súplicas ni explicaciones. Pero no logró dejar de llorar ni imprimirle un ritmo a su respiración.

—Bueno, bichito —dijo ella cuando Lurek acabó por fin su martirologio oral—. Estuviste muy estresado. Cambiar el mundo de la ciencia, agota. Si te quedan energías para mí, te libero de la culpa bajo la promesa de que nunca más lo harás.

La sorpresa de Lurek fue de tal magnitud que casi le dolió. Soltó un gemido ahogado, como de animal que muere. Finalmente, pensó en un rapto inconsciente de lucidez, moriría de felicidad. Se dejó caer sobre Eloísa y recompensó su bondad infinita con un despliegue interminable de caricias.

Ella miró las marcas de la zorra y le dijo a Lurek, sensualmente:

—Qué mala.

Le pareció a Lurek notar que aquella vez Eloísa se estremeció en una pasión distinta e inusualmente intensa.

II

Lurek continuó negándose a los congresos. Como una superstición, evitó conceder reportajes a mujeres. Los noticieros televisivos de Francia, Inglaterra, Italia y Alemania, debieron enviar hombres a entrevistarlo. Luego de una dura negociación, aceptó a la reportera de la televisión norteamericana con la condición de que su esposa no se moviera de su lado.

El pobre Lurek creía evitar el peligro eludiendo a las periodistas. ¿Sería tan necio el descubridor de la cura indolora de la caries como para ignorar que el peligro no provenía de la profesión sino del género? Al menos, de este extraño modo se comportó.

Para cuando llegó el otoño, nuevamente estaba en una trampa. Flor, la hija de María —el ama de llaves— había pasado una semana en la residencia, aprovechando que visitaba la Capital, antes de regresar a su provincia natal. Era una chica avispada y había logrado encontrar un atajo al sendero de sus padres. Estudiaba agronomía en la Universidad de Cuyo y estaba tan al tanto del descubrimiento del profesor como cualquier buen lector de diarios.

María, orgullosa, presentó y ostentó a su hija. Flor era una rubia prieta —su padre descendía de yugoslavos—, culta sin aspavientos y dueña de un magnetismo bruto. Esta vez la casualidad hizo su parte.

Flor ya se había marchado hacía dos días cuando el profesor Lurek decidió ir al pueblo. Quería comprar un best-seller en la pequeña librería. Aprovechó para pasear, mirar discos —la disquería era de una escasez patética—, elegir verduras y ver los nuevos productos en el supermercado. Salía cargado con una bolsa llena de paltas y albahaca, sin saber dónde la dejaría hasta acabar su paseo, y vio a Flor.

La muchacha estaba ojerosa y lo miraba con una expresión perdida. «Drogada», pensó Lurek.

Pero no estaba drogada: sufría. Lurek se acercó.

—¿Qué estás haciendo acá? ¿Tu micro no sale de Capital?

Repentinamente sofocada, lo abrazó con ansiedad. No podía hablar.

Lurek intentó calmarla. Dejó la bolsa de verduras en el piso y la llevó por la calle que le pareció menos poblada. Un hombre le chistó, pensando que se olvidaba la bolsa, pero Lurek agitó la mano en un gesto de que se desentendiera.

Flor pudo finalmente hablar y confesarle a Lurek lo que no había dicho a sus padres: estaba viviendo con su novio. Ni su madre ni su padre aceptarían aquella convivencia sin boda previa.

La situación era aun peor: Flor y su novio estaban ferozmente peleados y él no quería abandonar la casa. La casa era de ella, de sus padres, pero el muchacho se empacó e incluso llegaba a ponerse violento. Desalojarlo con la fuerza policial era un escándalo que Flor no se sentía en condiciones de afrontar. Sus padres acabarían enterándose de todo, de la peor manera.

—Los voy a matar de pena —dijo Flor.

—No es para tanto —la tranquilizó Lurek.

Sentirla llorar aferrada a él no lo había dejado inmune.

Flor estaba desorientada y se había quedado en el pueblo sin saber a dónde regresar. No es que quisiera meditar, pero en el pueblo la pensión era muy barata y si se producía dentro de ella un estallido de desesperación al menos tenía a su madre a mano.

Lurek le suplicó que no hiciera estupideces, el entuerto no era tan grave. Esas cosas pasaban. Quizá, sí, finalmente debiera recurrir a la policía.

Al escuchar esta última sentencia, Flor cayó nuevamente en un estado de desamparo y le pidió a Lurek que no la abandonara. Era el único adulto en el que podía confiar.

Lurek prometió que no la dejaría librada a su suerte. Hablaría con Eloísa y entre ambos verían cómo ayudarla.

Mientras tanto, si quería, podía regresar ya mismo a la residencia: incluso estaba dispuesto a inventar un pretexto para no revelarle a María la verdad.

Todo fue en vano. Lurek no pudo hablarlo con Eloísa, ni llevar a la chica a la residencia, ni ayudarla en modo alguno.

Intuyó, después, que el paso en falso había sido asegurarle a la chica que estaba dispuesto a ayudarla a mentirle a su madre. De un modo inesperado y secreto, aquella afirmación había incendiado la escena. Fueron a la pieza de la chica para terminar de arreglar los detalles y Lurek se acostó con ella sin preámbulos.

Lurek notó algo extraño durante el breve encuentro sexual, pero no alcanzaba a definirlo. Ella se lo dijo: el motivo principal de la disputa con su novio era su renuencia a dejar de ser virgen. Culta, universitaria y concubina, no había logrado transgredir el mandato paterno por el cual el sexo era un atributo exclusivo de los casados ante Dios.

Flor se vistió con sorprendente rapidez —especialmente sorprendente para una mujer después del amor— y le dijo que regresara sin culpa a la residencia. Ella ya estaba lista para volver a su provincia.

Lurek descubrió, acomodándose la ropa mientras abandonaba la pensión, que unas gotas de sangre habían manchado su camisa. Pero esta vez tendría tiempo de camuflarlas, esta vez Eloísa no se enteraría.

Seguía sin saber por qué actuaba de aquel modo, y se repetía que estaba diseñando el rumbo de su perdición. Sabía que había emprendido un camino descendente sin retorno, pero no molestaría nuevamente a Eloísa.

III

Tan sólo una semana después de su accidentado encuentro con Flor, llegó el novio y le puso el ojo derecho morado de un puñetazo. Se anunció en

la casilla de seguridad y pidió hablar exclusivamen-
te con el profesor Lurek. Paco lo observó con res-
quemor y se alejó para hablar con el profesor por el
intercomunicador, sin que el extraño los escuchara.

—Dice que es el yerno de María —dijo Paco—.
Y que quiere hablar con usted a solas. La Florcita
no es casada. ¿Llamo a la policía?

—No, no —le gritó Lurek—. Ya voy.

Cuando Paco sugirió llamar a la policía, en su
desesperación por evitar nada ni remotamente semejante, se recordó a sí mismo sugiriéndole a Flor
utilizar aquel recurso para echar a su novio.

Encontró al muchacho en la casilla de seguridad y le pidió charlar caminando por el sendero de
tierra que bordeaba la residencia. El muchacho aceptó lo del camino de tierra, pero no hubo charla. Lo
dobló al medio con un puñetazo en el estómago y
lo remató con un directo al ojo derecho. Paco escuchó un gemido y corrió con la pistola desenfun-
dada. Pero Lurek le suplicó como pudo que dejara
ir al muchacho en paz.

Algo había dicho, el muchacho, entre el primer
y segundo golpe, de que ya no vivía más con esa puta. Finalmente, habían encontrado el modo de desalojarlo.

Dolorido, respirando con dificultad, Lurek asumió la ironía: había sacrificado su tranquilidad por la
de la chica. Eloísa no lo perdonaría una segunda vez.

Paco le ofreció hielo, pero Lurek se negó. Fue
sin demoras a presentarse ante Eloísa. Ahora ya no
era el pánico del suceso anterior: sabía que en su interior convivían un hombre con su nombre y un

87

desconocido enfermo. Y no podía condenar a Eloísa a compartir sus días con aquel bizarro siamés.

Eloísa se rió al ver el ojo morado.

—¿Con quién te peleaste? ¿Un periodista?

Lurek contó todo.

Eloísa no perdía la sonrisa, y más que enojada parecía refunfuñar.

—¿Cómo puede ser que el más importante químico de la actualidad cometa la torpeza de enredarse con la hija de su ama de llaves?

De aquel suave reproche, el profesor Lurek dedujo que Eloísa no lo condenaba por haber estado con otra mujer, sino por su imprudente elección.

—¡Pero no hubo ninguna elección! —quería gritarle—. Nunca se me ocurrió buscar otra mujer. De pronto, me encontré en la cama con ella.

No podía hablar.

Eloísa, creyó entender, ya lo había perdonado.

Esa misma noche, en la cama, ella le preguntó cómo era el muchacho. Su apariencia física. Qué le había dicho. Con qué clase de furia le había pegado. También cómo era Flor y, de un modo delicado, del que no podía desprenderse un ánimo perverso, le sonsacó detalles acerca de si su rostro se había crispado al perder la virginidad, si había sufrido.

IV

En aquel último semestre del siglo, el profesor Lurek decidió que ya podía permitirse volver a la vida útil. Sentía, en su triunfo, la pena por haber alcanzado una cúspide que no superaría. Aceptó con satisfecha resignación el hecho de que el aplauso de sus colegas se mantendría monocorde, persistente, pero no aumentaría en volumen ni entusiasmo. Era como cumplir años una sola vez en la vida.

¿Pero de qué podía quejarse? Había conservado a Eloísa.

Sus obligaciones lo llevaron a París, sede de la empresa multinacional que comercializaba el producto *Lurek*. Estaban trabajando en sabores y colores, en líneas para niños y para mujeres. La idea comercial era convertir la cura de la caries, durante milenios un tormento, en un divertimento. La humanidad, gracias a Lurek, se burlaría de uno de sus más enconados enemigos.

En París, Eloísa contaba con una amiga de la infancia, Rosalía. Una espigada señora, sofisticada y de piel albina. Divorciada.

Eloísa y Rosalía pasaban a buscar a Lurek por el trabajo, y los tres marchaban a comer juntos tomados del brazo, como personajes de Flaubert.

Rosalía había vivido en la casa de enfrente de la de Eloísa entre los tres y los veintidós años. Eloísa le comentó a Lurek que ya entonces la belleza de Rosalía era extraña, con aquel tono marfil que no parecía del reino de los vivos. Cuando los camioneros les chiflaban y les gritaban guarangadas en la cuadra, a Rosalía no sabían qué decirle.

Cuando el profesor Lurek se acostó con Rosalía, sin decidirlo y por una coincidencia en un cuarto de hotel que no viene al caso, se juró a sí mismo que Eloísa jamás se enteraría, y que se cortaría un brazo antes que revelarle el menor detalle.

El encuentro no traspasó el cuarto de hotel, y tanto Rosalía como Lurek se apartaron como si cada cual poseyera un virus único que mataría al otro si se juntaban. Se pidieron disculpas y juraron silencio. Por primera vez desde que aquella locura se le había declarado, Lurek encontró que no había pruebas incriminatorias. Rosalía callaría y él tenía el cuerpo intacto.

Pero no había pasado más de una semana cuando en la intimidad de la noche, bajo las sábanas, Eloísa le preguntó cuándo y cómo se había acostado con su amiga.

Lurek, sin elegir sus palabras, simplemente le preguntó cómo se había enterado.

—Cuando Rosalía se acuesta con un hombre —le explicó Eloísa— queda ruborizada durante días. Es notable. Parece que la piel se le alegrara. Y... ¿vos supiste de que tuviera algún hombre? Me lo hubiese contado de inmediato.

Lurek salió de la cama, dispuesto a vestirse y encerrarse en algún sitio donde nadie pudiera encontrarlo.

—¿Adónde vas? —le preguntó Eloísa.

—No puedo pedir nuevamente tu perdón —dijo Lurek.

—No me lo pidas —dijo Eloísa. Y lo llamó a la cama con un gesto de la mano.

Lurek fue.

V

En el último mes del siglo un contratiempo amargó la descollante carrera profesional de Lurek y una decisión sentimental cambió su vida.

Un nuevo tipo de caries apareció: de desarrollo inmediato y efecto fulminante. Se producía en los dientes contiguos a los tratados con el medicamento *Lurek*.

El diente de al lado del curado, si había estado sano, desarrollaba abruptamente una caries fatal y no había más remedio que arrancar la pieza. Los dolores de las caries nuevas eran insoportables y los pacientes acudían al dentista corriendo y entre gritos. Entre los odontólogos circulaba un chiste: canonizar a Lurek como patrono del gremio. Nunca antes habían acudido los pacientes con mayor premura, sin aguantar siquiera minutos.

Nadie en el mundo científico achacaba a Lurek la menor responsabilidad en este traspié. Su descubrimiento era incuestionable y había abierto a la ciencia una puerta de las más pesadas. Simplemente había ocurrido, como tantas otras veces, que el mal recrudeció para traspasar las frágiles barreras que le oponían los hombres. Los virus se fortalecían, las enfermedades jugaban una carrera de obstáculos contra la humanidad. Del mismo modo que los atletas superaban sus marcas con cada nueva generación en cada nuevo siglo, también las penurias del cuerpo humano contaban con sus agentes en estado de perpetuo mejoramiento.

Como fuese, el descubrimiento de Lurek se había opacado. No había cometido el menor error, sólo había actuado la naturaleza, la evolución; pero la venta del medicamento cayó bruscamente, también su aparición en los medios gráficos científicos. Ya había una revista de actualidad que, en su repaso del siglo, mencionaba el descubrimiento de Lurek como: «a principios de 1999, *se creía* haber encontrado la cura indolora de las caries».

«¿Por qué "caries" era una palabra con un permanente plural?», pensó de pronto, sorprendido por el asalto de aquella estrafalaria duda. ¿Por qué nada es singular en la vida, por qué todo es un plural permanente?

Se había casado con Rosalía y juntos habían huido a Italia. Eloísa había intentado suicidarse.

Lurek no lograba recordar, años después, si había huido con Rosalía en el preciso momento en que apareció la primera y terrible contraindicación a su medicamento. El romance con Rosalía resultó un fusilazo, fulgurante y definitivo; mientras que las noticias acerca de las nuevas caries habían comenzado por llegar en dispersas y acotadas dosis: primero un caso aquí, otro allá…; hasta cobrar suficiente cuerpo como para convertirse en una impugnación objetiva.

Todo había transcurrido, podía asegurar Lurek, en la primera quincena de diciembre de 1999. Y para la segunda, su mundo y el mundo en general se habían estabilizado.

Había quienes se arriesgaban a utilizar su medicamento y quienes lo denunciaban por televisión.

En algunos casos funcionaba sin contratiempos y en otros aparecían esas caries malignas. Una familia llevó a un *talk-show* a un chico que decía haber perdido toda su dentadura por culpa del remedio *Lurek*.

El dinero no alcanzó como había imaginado. Pero tampoco le faltó. Debieron abandonar Italia, e instalarse en el país.

Lurek, por supuesto, no hizo el menor esfuerzo por conservar la Residencia Lurek-Spinozz: como todos sus bienes inmuebles, se los concedió sin más a Eloísa.

Eloísa, sin embargo, vendió todo y repartió el dinero entre ambos, incluyendo el devenido por la venta de la Residencia.

No sólo sobrevivió a su intento suicida —se había cortado las venas—, sino que recuperó su salubre languidez, su calma y su impar belleza. Decidió no volver a casarse y elegir a sus hombres con ojo cínico.

Lurek continuó acostándose con mujeres que no eran su esposa, sin culpa; ocultándolo eficazmente.

Cierta tarde de verano, en Buenos Aires, tuvo fugazmente a Eloísa en su nueva casa de mujer sola. El encuentro fue gozoso pero no se repitió.

Rosalía jamás lo supo.

Tres historias frente
al mar de la muerte

Hace una media hora que busco a mi esposa y mi hijo.

Durante mi infancia, me perdí más de una vez en la playa; en cierta ocasión, debieron buscarme con un helicóptero policial. Había atravesado Mar del Plata de punta a punta por la orilla del mar, y no tenía la menor idea de dónde estaba. Para mí, todas las playas eran iguales: buscaba a mis padres allí donde hubiese carpas y gente. Finalmente me divisó de casualidad uno de los huéspedes del hotel donde nos alojábamos. El hombre, un fotógrafo, dio aviso por teléfono a mi familia, que aguardaba desesperada en el hotel, y se dispuso a llevarme.

En el camino de regreso (¡había que ver los kilómetros que hice a pie!), un jeep y un Citroën chocaron estrepitosamente a un paso de nuestro vehículo. Los autos quedaron en mal estado, y de cada puerta bajó un conductor tambaleante. Se los notaba sentidos por el choque, incluso heridos. Pero en lugar de abrazarse y festejar juntos el haber salido vivos de aquella tragedia, estaban prontos a tomarse a golpes por la ofensa que cada uno le había infligido al otro al chocarse mutuamente. Según el fotógrafo, el conductor del jeep estaba totalmente borracho. El del Citroën lo instó a que regresara a su jeep y acabasen la fiesta en paz. Pero el borracho insistía con los insultos. El del Citroën, finalmente, le aplicó una fuerte trompada en el rostro y otra más en la coyuntura del brazo. Por el hombro del borracho, vi aparecer lo que siempre recordé como un hueso. El fotógrafo me hizo el grandísimo favor de esquivar la ya quieta colisión y concluir mi demorado regreso a casa.

Es la primera vez que me pierdo siendo adulto. Para ponerlo más dramático: que pierdo a mi familia. Los dejé en una sombrilla, a unos quince pasos del mar, y me fui al baño del hotel. Tardé media hora en ir y volver, y desde entonces los estoy buscando. Sé que la playa nada puede tener que ver con su ausencia: mi hijo es demasiado pequeño para bañarse y mi esposa no se baña sin él ni con él. Martín, mi hijo, no ha cumplido aún ocho meses, y sus gateos no lo alejan más de dos o tres pasos; de modo que tampoco puede haberse perdido. Los he buscado primero al azar, guiándome únicamente por mi intuición: cuánto caminé desde donde los dejé hasta el hotel. Pero descubro que —como en mi niñez— no tengo la menor capacidad de calcular distancias. No me canso y no distingo.

Ya no soy un niño: sé que una playa no es lo mismo que otra; pero no he preguntado el nombre de aquella en la estábamos bajo nuestra sombrilla mi esposa, mi hijo y yo. Recurro entonces a las señales mnemotécnicas geográficas: carteles, monumentos, personas llamativas que marcaban el sitio donde estábamos.

Recuerdo, por ejemplo, el reloj electrónico que estoy viendo ahora en diagonal, en el último piso de un gigantesco edificio que se alza al otro lado de la avenida. Recuerdo dos pirámides de cemento inclinadas, punta contra punta, que oficiaban de entrada a la playa.

Pues bien, según mis cálculos, entre estas dos escolleras debería estar mi familia: pero todas las cosas están, menos ellos.

Me recuerda una historia que me contó en Buenos Aires el mozo de un bar. En diciembre de 1955, el propietario de una casa en Mar del Plata fue a buscar los implementos para el mate mientras su familia lo aguardaba en la playa. Tardó quince minutos; cuando regresó, su familia no estaba: una ola gigantesca había arrasado la costa, desde Punta Mogotes hasta la playa la Perla. Lo curioso, me dijo el mozo, es que cuando el hombre regresó, el mar estaba ya calmo, y la playa, aunque húmeda, no muy distinta de lo habitual. Todo estaba medianamente en orden, pero faltaba su familia, a la que se había tragado el mar. En quince minutos, silenciosamente, había perdido para siempre a su familia. La ola es verídica, la confirmé con los diarios de la época. Y fuera o no cierta la historia puntual que me narraba el mozo, no cabe duda de que un suceso semejante debe haberse repetido en más de una playa aquel día.

Ahora mi familia faltaba de la playa de la que yo me había ausentado por treinta minutos.

El mar, la playa, el sol impiadoso del mediodía siempre me han resultado siniestros. Como todos, estoy obligado a divertirme aquí; pero un temor constante me acompaña. Ahora mismo, aunque no hay en estas playas tiburones y ya sé que puedo descartar cualquier peligro, siento las vibraciones de la inquietud. Miro el mar como si fuera responsable.

Me informo de un dato más contra mis peores sospechas: cuando sucede una tragedia en la playa, a poco se entera todo Mar del Plata. En un raro gesto de humanidad, la gente no continúa comiendo sándwiches con arena como si nada hubiese ocurrido. Las caras cambian y en cada carpa se comenta el accidente como si fuera propio, en voz baja y con pena.

Yo miro a uno y otro lado y no descubro gesto alguno de contrición: dos niños juegan con una pelota inflable, una mujer que alguna vez fue blanca sigue carbonizándose al sol, dos gordos con cadenas de oro juegan al póker tomando coca y fernet, una madre de familia le aplica crema en la cara a su hijo mostrándome sus nalgas de jovencita. Entonces, se me acerca una señora chorreando, acaba de salir del mar como una sirena gorda.

—¿Usted es el señor Javier? —me pregunta.

Palidezco. ¿Qué ocurrió? Asiento sin hablar.

—Su esposa me dijo que hacía frío y se fueron con el nene al hotel. Pensó que se lo cruzaban en el camino. Me dijo que le diga que no se asuste, que están en el hotel.

La miro como preguntándole por qué no me lo dijo antes. Por qué no me vio antes.

Pero antes de que descubra el sentido de mi mirada, ya me he aliviado. Estoy suspirando. Una vez más, estoy del buen lado de la línea que separa a los desgraciados de las personas normales. Puedo compadecerme de los demás. Con el alivio, el sentido de mi mirada cambia: la señora que chorrea, y que ha permanecido a mi lado, ya no me parece una sirena gorda sino suculenta. Una cruza de sirena y delfín hembra. Dos gigantescos senos se juntan en el escote de su malla negra y cuando gira hacia el mar, a mirar a uno de sus hijos que la llama para mostrarle una pirueta, descubro un par de nalgas que, aunque no por su firmeza, me cautivan en su amplitud. Ahora busco con la mirada un posible marido.

—Qué peligro el mar, eh —digo.

—Dígamelo a mí, no le saco el ojo de encima al nene.

—¿Se baña solo o con su marido? —le pregunto.

—Mi marido está en Buenos Aires —me responde sin entonanción.

Intercambiamos algunas palabras más, que no incluyen a nuestras familias, y salgo corriendo a buscar un teléfono público. Tengo una erección ardiente. Le avisaré a mi mujer que me quedo un rato más en la playa y regresaré en busca de la sirena. No puedo esperar a tenerla mientras su hijo juega en la pieza de al lado. Creo que ya la tengo, sólo me resta encontrar un lugar. Le ruego a Dios que la mujer esté parando en una casa, alquilada o propia, y no en un hotel. Sí, le ruego a Dios por cosas como ésta. Qué hermoso será meterla, enjuagarme rápido en el mar y regresar con mi familia. Hablo con mi mujer, me pide perdón, me dice que estuvo a punto de regresar a la playa pero que se quedó porque le pareció mejor no desencontrarnos nuevamente. Le digo que me voy a quedar una horita más en la playa y que luego me iré a comer al puerto. Me dice que el nene está durmiendo y que no me preocupe, que me tome el tiempo que quiera. Le digo que la amo, nuevamente me inunda la felicidad de saber que están a salvo. Regreso a por mi bella ballena. Ahora es ella la que falta. No está en el agua, ni en la arena. La busco por entre las carpas. Mi erección, que se había reanimado al colgar el tubo, comienza a ceder.

—¿Dónde te has metido, ballena del amor? —canturreo—. Acá viene tu cazador, a clavarte el arpón.

Pero no la encuentro. La gigantesca y siempre imprevista ola del destino me la ha arrebatado. A dos o tres playas, veo una escollera llena de pescadores. Siempre me solazo mirándolos. Para olvidar esta reciente pérdida, camino hacia ellos.

En la playa número dos, diviso a Karina Balkovsky. Es la hermana menor de un amigo de la infancia de mi hermano mayor. La vi durante toda mi infancia, sin decirle jamás una palabra: ambos concurríamos al club Hebreo Argentino, vivíamos en el mismo barrio judío y creo que alguna vez fuimos al mismo colegio estatal. Pero lo último que supe de ella, por mi madre y por verla, es que sufría alternativamente de anorexia y bulimia. Debajo de la ventana de mi departamento, que bordea el barrio del Once, podía verla pasar, flaca raquítica o gorda desbordante. Era un verdadero drama. Una mujer hermosa atacada por dos enfermedades simétricas que le enloquecían las glándulas. Jamás me acerqué a hablarle ni puse mayor interés en enterarme de su desgracia. Temo a la gente que es exuberante en su dolor. No me gusta exponer mis propias heridas. No pocas veces mi cuerpo se ha rebelado contra mí, produciendo incluso aberraciones, pero me ha permitido el estúpido consuelo de que nadie se entere.

Pero esta Karina Balkovsky ha regresado del infierno. Casi pegada a la orilla, expone un cuerpo magistral. Dos muslos dorados y un par de pechos que lo dicen todo. Aunque boca arriba, y en una silla con loneta, puede adivinarse un culo gigantesco en correspondencia con esos muslos y esas caderas de última adolescencia. Ni anorexia ni bulimia: el terremoto que la arrasó en los últimos años se ha congelado por fin en una isla paradisíaca. Quizá fueron simplemente los dolores de parto para dar a luz a este cuerpo, una criatura hecha para el sexo salvaje. Tiene los ojos cerrados, y la cara, morena, le brilla. Dios proteja a las hebreas morenas. Quiero tener una que haya danzado alegre junto al becerro de oro, y se haya entregado por todos sus agujeros en esos instantes de desenfreno previos a que llegara Moisés con las tablas de la Ley; quiero ser uno de esos pecadores entre el desierto y el Mar Rojo. La despierto llamándola por su nombre. Abre los ojos.

—Bienvenida —le digo.

Me mira extrañada.

—¿No te acordás de mí? —le digo—. Javier Mossen, el hermano de Daniel.

—Ah —dice—, Daniel Mossen.

No me reconoció personalmente, pero no me ha echado como a un perro. A partir de ahora, tengo media hora para conseguir llevármela a una cama y una hora más para disfrutarla. Es difícil pero no imposible. El diálogo fluye. ¿Se hospedará en hotel o tendrá casa? Finalmente, la maravillosa respuesta: está sola en la casa.

Ya intuyo la invitación a almorzar, ya intuyo que no almorzaremos. Una nueva erección.

—Te vi más de una vez por el barrio —me dice—. ¿Vos vivís por ahí, no?

—Sí —digo.

—¿Y nunca nos saludamos? —me dice.

—No —digo—. Qué curioso.

Cuando yo la veía esquelética o exageradamente obesa, ni pensaba en saludarla.

—Estuve muy enferma —me dice.

—¿De qué? —le digo, y echando un vistazo admirativo a su cuerpo—: No parece.

Se sonríe y sigue:

—Bulimia y anorexia.

—Ah —exclamo con pena—. Qué macana. Ahora es una epidemia.

—Es una epidemia para las chicas que quieren adelgazar —me dice.

—No puede haber sido tu caso —le digo estúpidamente halagüeño.

—No, no lo fue. Yo me puse mal por una tragedia.

Guardamos silencio. Pero me parece imposible, por más que vulnere mis planes, no preguntar. Después de todo, quizás el sobreponerse a este momento me acerque aun más a lo que busco; así como el haber esquivado los monstruos de la delgadez y la obesidad llevaron por fin a buen puerto a su cuerpo. Pero antes de que pregunte, ella continúa.

—Mi novio se ahogó —dice.

—¿Dónde? —pregunto.

—Acá —responde—. Acá mismo. Vengo todos los años.

—¿Se ahogó, en el mar?

—Se ahogó en el mar —repite—. Acá mismo. Vengo todos los años. Me hace bien. Me siento cerca de él. Estuve muy mal. Muy mal. Cuando me sobrepuse, pude venir tranquila acá. Es como velarlo. Me quedo horas, tranquila, junto a él.

—Junto al mar —digo sin pensarlo.

Como si se hubiera interrumpido en algún momento, retorna entre nosotros dos el bullicio de la playa. Yo sé qué había interrumpido esos ruidos: los fluidos de mi celo que estaban tapándome los oídos. Mi cuerpo se desentiende nuevamente, decepcionado, de las mareas que agita en su interior la batalla sexual. Tampoco me acostaré con este azaroso bocado.

Preparando mi retirada, le digo:

—¿Y no te hace mal estar sola?

—En casa, sí —me dice—. Pero acá en la playa, no.

¿Por qué no sugerirle ir a comer a su casa? ¿Por qué no invitarla a abandonar este velatorio pagano y refocilarnos en las vacías habitaciones de su vivienda? Porque cada ola de mar me trae el fantasma de su novio; y porque no me atrevo a preguntarle si ella estaba en la orilla o no cuando su novio se ahogó. Y porque si no pregunto eso, ya no sé de qué más hablar.

—Bueno —le digo—. Sigo viaje.

Asiente decepcionada y cierra los ojos para enfrentarse nuevamente con el sol.

En el hotel, ni siquiera con ganas de acostarme con mi señora, me encuentro con la ballena, que se aloja allí mismo —por suerte no le clavé mi arpón—, y en el hall está secándole la cabeza a su hijo. Créase o no, mientras le seca la cabeza a su hijo, me echa una mirada codiciosa que definitivamente rechazo.

Nodeó la cabeza

Colaboradores. La palabra suena mal. Suena a colaboracionista. Los colaboracionistas siempre están del mal lado. O del lado del Mal.

Los colaboracionistas son quienes colaboran con un régimen malvado; a quienes colaboran con la Resistencia o los Aliados se los llama de otro modo.

La palabra «colaborador» tiene reminiscencias de la palabra «colaboracionista». Quizá no se me ocurriría esta asociación si no fuera porque soy un colaborador.

¿Qué es un colaborador? Una persona que escribe sobre cualquier cosa en los medios gráficos de comunicación. ¿Sobre cualquier cosa? Sí: sobre el tránsito en la ciudad de Buenos Aires, sobre una exposición ganadera, sobre un libro, sobre una vedette, sobre una guerra o sobre una temporada veraniega. El requisito inicial de un colaborador no es una vasta cultura general, sino una moderada ignorancia sobre cada uno de los temas acerca de los cuales escribe. Hay colaboradores especializados, es cierto; pero si no se convierten en trabajadores fijos de un diario o revista, tarde o temprano confluyen en lo que es el trabajo básico de cualquier colaborador: escribir sobre aquello que no es su especialidad.

Salvo escasas excepciones, los colaboradores mueren colaboradores. Quizá se destaquen en otros rubros, en otros ámbitos; pero en el periodismo gráfico nunca superan su marca de identidad.

Como en los amores homosexuales, la vejez en los colaboradores es patética.

Ver entrar en la redacción a un anciano con una hojita bajo el brazo, dirigiéndose a un joven jefe de suplementos —quien le ha hecho la gauchada de permitirle aún publicar unas líneas—, es un espectáculo demoledor para un joven colaborador como yo.

—No, Ingonio, necesito el disquete —dirá el joven jefe de suplementos.

—Es que yo no uso computadora —responde Ingonio.

—Pedísela prestada a tu nieto —responde el joven jefe, para regocijo de toda su mesa de redactores fijos. Los redactores fijos son más que jóvenes y relucen.

No saben más que los colaboradores, incluso, mucho menos. Ni siquiera saben escribir como los colaboradores. En su caso, a menudo la ignorancia sobre un abanico de temas alcanza profundidades inusitadas. Pero han nacido del lado bueno. Han tenido suerte genética. En la repartija de destinos, les ha tocado el gozoso. Son cosas que pasan. Dios no es injusto: en un mundo entero de hombres felices no cabría la literatura.

De vez en cuando, un colaborador alcanza una inesperada cuota de reconocimiento. Recibe un premio periodístico o su foto aparece en la página central de un matutino, acompañando una nota con su firma en la tipografía más grande. Durante unos días, el colaborador sospecha que su destino ha cambiado de mano. En breve, lo llamarán jefes de redacción y directores de diarios: todos lo querrán en sus filas. Finalmente, podrá sentarse en una silla, contar con una máquina y un horario regular. Los compañeros lo llamarán por el nombre de pila y su apellido figurará en uno de los números del conmutador telefónico.

Pero las semanas transcurren y ningún trabajo les es ofrecido. Sí, más de uno ha leído su nota y visto su foto. Dos o tres lo han felicitado.

«Un hombre como vos me gustaría tener en mi plantel», le ha dicho el secretario de redacción del segundo matutino nacional. Pero todos saben que es un colaborador. El mes siguiente, igual a todos los días posteriores a su gran foto con su gran nota, continuará publicando sus notitas sobre cualquier cosa, recorriendo redacciones; esperando que acaben otras conversaciones para ofrecer discretamente sus servicios.

El peor enemigo del colaborador es su ilusión de que puede ser algo más. Y sin embargo, cada tanto sucede. Son excepciones contadísimas, casi tantas como muertos regresan de la muerte. Y habitualmente, como ocurre también con los redivivos, el éxito es impreciso.

De la historia que voy a narrar, no sé si el protagonista triunfó como colaborador, si su triunfo pertenece a otra esfera laboral o si realmente triunfó.

No lo sé. Pero creo que es una historia interesante de todos modos.

No vayan a creer que el oficio de colaborador es tortuoso. Patético no significa sufriente. El patetismo requiere de un grado de autoconciencia propio de las personas al menos medianamente lúcidas. Un colaborador no es un minero ni un galeote, no tiene la espalda marcada por el látigo del amo. Por el contrario, es uno de los oficios más libres de la Tierra. Se puede trabajar en calzoncillos, junto a la esposa, en un barco o en un bar de mala muerte. Ningún jefe lo es más que circunstancialmente. Si alguien grita o maltrata de algún modo a un colaborador, éste no tiene más que incrementar sus colaboraciones en otro medio y abandonar el hostil; incluso puede iniciarle un juicio legal que redunde en jugosos dividendos.

Ninguna de sus obligaciones es terminante: como Bartlebly, siempre puede preferir no hacerlo. Tal vez por eso ciertas mañanas agradezco ser un colaborador. Me gusta saber que, aunque seré un viejo patético con una hojita bajo el brazo (o con un disquete ya inútil), no habrá nadie más que Dios sobre mi cabeza.

Pero nada compensa: cada cual es infeliz con su propio destino; excepto las personas felices, que lo son con cualquiera.

Aquel mediodía me encontré en un restorán de comidas rápidas con otro colaborador, una década más viejo que yo. Aunque los años pasan, los colaboradores no envejecen, hasta que son viejos. Mi colega, llamémoslo Broder, aún no era viejo, de modo que estaba igual a como era diez años atrás. Llevaba un bigote canoso y pelo largo de otras épocas. Estaba resfriado.

Era un colaborador clásico: había escrito sobre todas las cosas vivas y muertas, en todos los medios gráficos habidos y por haber.

Como yo, había trabajado en una veintena de revistas que ya habían cerrado, en una decena de diarios que ya no existían, y tenía el pie puesto en al menos tres medios cuya próxima caída era evidente. Por algún extraño motivo, este espantoso derrotero no nos frustraba: nos sentíamos sobrevivientes, los medios caían y nosotros permanecíamos.

Me pedí una pizza y me arrepentí al primer bocado. Tenía cebolla.

En una hora, debía ver a una muy bonita jefa de redacción (la revista cerró al siguiente número). Era una mujer de ojos almendrados, sin edad y muy bella, que me había pedido una nota sobre el amor en el siglo XX para su revista de modas. La nota había salido publicada y ese día debía pasar por la redacción a retirar un ejemplar. Pensaba hablarle, intentar indirectamente una muy improbable y futura tensión sexual, y suplicarle con sutileza que me encargara una nueva nota. El olor a cebolla no colaboraría, por usar un verbo pertinente, con ninguno de mis dos anhelos.

Hernán Broder estaba resfriado. Me contaba sus problemas. Lo habían invitado a un Congreso para Periodistas en Lisboa, *Medios, Entretenimientos y Vida Cotidiana*: pero ninguno de los catorce medios —diarios, revistas y radios— en los que trabajaba estaba dispuesto a pagarle el pasaje.

«Si viajo, me pago el pasaje y la estadía con notas. Pero no es negocio.»

Nunca nada es negocio para un colaborador. Todo es sobrevivir.

Como yo, Broder estaba casado y tenía hijos. ¿Qué les diría cuando le preguntaban de qué trabajaba? «Papi es colaborador.»

Al menos, mi hijo aún era lo suficientemente pequeño y no hacía preguntas inoportunas. Quizás, antes de que creciera, yo lograra convertirme en zapatero o carnicero; algún oficio que figurara en el diccionario.

Seguramente, Broder le decía a su hija adolescente y a su hijo prepúber que era periodista. Pero no era cierto. Era colaborador.

Cierta vez, a la salida de un bar, un policía con ganas de molestar me había requerido mi documento de identidad. Hacía frío, el policía debía montar guardia en la esquina y yo estaba muy bien acompañado. Ella era muy joven, con un cabello llamativamente rubio y se pegaba a mí, con sus pechos galopantes, como si la protegiera. El policía sabía que, por un inexplicable sortilegio, sólo un hombre feliz entraba en aquel pedazo de noche, y no era él. Miró mi documento con desprecio y me preguntó de qué trabajaba.

—Periodista —le dije.

—¿Tiene un carnet? —me preguntó.

Le extendí el carnet del sindicato. Era un rectángulo de plástico celeste, con mi foto, fechas y el mote: colaborador.

El policía miró el carnet con resignación: se le acababan las coartadas para retenerme; yo estaba lo suficientemente documentado como para que él tuviera problemas si se le ocurría molestarme porque sí.

—Pero usted no es periodista —dijo antes de soltar la presa, reintegrándome el carnet y el documento.

Agregó con desprecio:

—Usted es «colaborador» —no sabía lo que significaba, pero lo dijo como si se refiriera al personal de limpieza—. Nada que ver con periodista.

La chica que me acompañaba se rió una cuadra larga de la ignorancia de aquel policía. Había visto un par de notas publicadas y, tan joven y tan rubia, creía estar en compañía de un hombre de letras.

Pero la sentencia del policía quedó resonando en mí durante toda aquella noche de amor, invadiendo mi felicidad y recordándome que mi carnet estaba surcado por la palabra «colaborador». Recordé aquel episodio, del cual ya habían pasado seis años y un matrimonio, frente a Broder, mientras imaginaba qué les respondería a sus hijos cuando le preguntaban de qué trabajaba.

—¿Sabés que Mizovich se salvó? —me dijo mordisqueando un trozo ridículamente pequeño de su gigantesco sándwich.

¿De qué se había salvado Mizovich? ¿Acaso padecía alguna enfermedad mortal que yo ignoraba? ¿Pendía sobre su cabeza una invisible condena? No. Mizovich, quería significar Broder, se había salvado de su destino de colaborador.

Conocí a Mizovich muchos años antes de reencontrármelo en el gremio. En mi cosmogonía interna, yo sentía que le llevaba una decena de años;

los mismos que me llevaba a mí Broder. Pero en el mundo real, no le llevaba más de seis. Ocurría que Mizovich era un muchachuelo siempre excitado, siempre alegre, siempre emprendedor. Su injustificado optimismo, en contraste con mi frustración endémica, lo ponían a él del lado de los que siempre comienzan y a mí del lado de los que terminan antes de tiempo. Diez años, me parecía, era una cifra que señalaba con precisión cuánto nos separaba al uno del otro.

Cuando él aún no sabía que alguna vez escribiría una línea y que más tarde llegaría a «salvarse», y yo recién comenzaba, nos encontramos de casualidad. En un country, donde sus padres tenían una casa y yo estaba de visita invitado por un amigo.

Aunque en aquel entonces —él, dieciséis o quince años, yo, veintiuno—, cinco años nos separaban mucho más que hoy —yo ya era un adulto; él, apenas un adolescente—, Ezequiel Mizovich era lo suficientemente avispado como para participar del entorno de los muchachos más grandes del country. No recuerdo por qué mi amigo me llevó a su casa, pero terminamos en su cuarto. Me recuerdo hojeando una revista pornográfica, mientras Ezequiel le mostraba a mi amigo la vía láctea en una por entonces muy novedosa computadora.

Necesito interrumpir mi retorno al pasado para narrar el medio a través del cual se había salvado Ezequiel Mizovich. Hay una relación entre su adolescencia y su actual y exitoso presente, y no encuentro otro modo de contarla más que utilizando fragmentariamente el recurso cinematográfico del *flash back:* volveremos al presente durante unos párrafos y luego nuevamente al pasado. Finalmente me lo agradecerán.

Mizovich, me contó Broder en aquel *fast food*, había sido contratado por una célebre cadena inglesa de televisión, para conducir un programa de viajes.

Ezequiel Mizovich viajaría por el mundo —África, Asia, Oceanía— y, con su inveterada simpatía y su perfecto inglés, transmitiría por cable las costumbres de los adolescentes de los sitios y culturas más remotas. No sé si el programa se llama Jóvenes del Mundo o Jóvenes de Ninguna Parte; todavía está en el aire.

Mizovich había comenzado su discreta carrera periodística como un prolijo investigador del fenómeno ovni. Se destacaba de entre sus pares porque no estaba loco y tomaba los datos inexistentes con moderación.

Desde muy jovencito, Mizovich sabía que ninguna evidencia ovni tenía el menor contacto con la realidad, pero que al mismo tiempo tampoco existía ninguna evidencia física de que los ovnis *no existían*.

Es un divertido problema lógico: las evidencias físicas sirven para demostrar que algo existe, pero no hay modo lógico de demostrar que algo «no existe».

Un científico puede no hallar modo de demostrarnos que los animales piensan, pero nadie puede asegurarnos que «no piensan».

La falta de evidencia no certifica la falta de existencia. Porque la falta de existencia no es certificable.

Mal que mal, las religiones monoteístas están basadas en este principio. Y si uno quisiera ser teóricamente temerario podría encontrar cierto paralelo entre el judaísmo laico de los padres de Mizovich y la ufología laica de su hijo. En el laicismo judío había una posibilidad contradictoria de ser metafísicamente judío sin creer en Dios (un sinsentido lógico que los judíos occidentales habíamos logrado preservar), manteniendo la profundidad de la identidad sin la incómoda obligación de los rituales. Del mismo modo el hijo de los Mizovich podía gozar de los lectores psicóticos de la ovnilogía sin convertirse él mismo en un creyente. Podía ser invitado a charlas precisamente por mantener una posición equidistante y racional entre la existencia y la inexistencia de los ovnis. En la revista que había fundado —de sorprendente longevidad— coexistían los escépticos furibundos y los creyentes fundamentalistas.

La vocación de Mizovich ya despuntaba en la época en que conocí su cuarto en la casa del country de sus padres.

Las paredes de su pieza estaban empapeladas con pósters y recortes de revistas atinentes al Universo: dibujos de Marte, de Venus, de Júpiter; fotos de alunizajes, astronautas y cohetes. Como dije, en la pantalla de lo que por entonces era una novedosa computadora, brillaba una vía láctea. Y al pasar una flecha por cada uno de los puntos, aparecía una leyenda explicatoria: la antigüedad de una estrella, la ubicación de un planeta o un meteorito que mataría una vaca al caer.

No le presté mayor atención porque estaba sumergido en aquella revista porno que, al igual que la computadora y el programa de la vía láctea, sus padres habían traído de Estados Unidos. En la revista, desfilaban todo tipo de acoplamientos: una fila intercalada de hombres y mujeres, mujeres con animales y mujeres con mujeres. Recuerdo que en la anteúltima página un hombre de piel negra presionaba contra una mesa a un escuálido muchacho blanco, y cerré la revista con espanto.

La dejé bajo la cama y traté de interesarme en la computadora. Pero en ese instante ingresó el padre de Ezequiel, el señor Arnoldo. Ezequiel lo miró asustado.

Yo ya tenía edad para tratar de igual a igual al señor Arnoldo, estaba allí de casualidad y posiblemente no volviera a verlo en mi vida; sin embargo me alegró mucho haber ocultado la revista antes de que entrara en la pieza de su hijo. Por muy adulto que uno sea, siempre preserva un espacio de vergüenza para sentirse medianamente incómodo al ser sorprendido hojeando una revista pornográfica.

Arnoldo no me miró a mí, miró a su hijo, e hizo el gesto que da título a esta historia. Nodeó la cabeza.

En castellano no existe el verbo «nod», que en inglés se conjuga para indicar que alguien saluda o reprueba con un movimiento de cabeza. Ocurre a menudo que sólo una expresión en inglés puede denotar con precisión el acto de un hombre de habla hispana o sólo una expresión en español define el gesto de un anglosajón; de modo que me permití ese feo neologismo como título, pues no encontraba el término apropiado en castellano. El señor Arnoldo agitó lentamente su cabeza hacia un lado y hacia otro, en un claro ademán reprobatorio, pleno de consternación y suavemente iracundo. Su hijo, que debía estar estudiando física, se hallaba rodeado de gandules, ocupándose de la estupidez que lo había atacado como una enfermedad mental: la vida en otros planetas.

Recuerdo con precisión la desolación y el desprecio del señor Arnoldo hacia su hijo, en ese instante. Fue tan gráfico que mi amigo y yo nos ruborizamos por estar allí presentes. (Gracias a Dios no me había encontrado con la revista en la mano.)

Ezequiel Mizovich, el hijo de Arnoldo y Berta Mizovich, estaba arrojando su vida por una ventana intergaláctica, arruinando su propio futuro y el de su descendencia, traicionando al iluminismo, al racionalismo y al utilitarismo, convirtiéndose al credo de los curanderos y los astrólogos.

No faltaba verdad en esta acusación: bastaba un vistazo a la pieza de Ezequiel (que parecía un Planetario a pila), para sospechar que la habitaba un tonto, un infante tardío, un bueno para nada. No era una pieza en la cual una chica sentiría la suficiente intimidad y esencia de madurez como para tumbarse en una de las dos camas, ni el tipo de cuarto del que se desprende un porvenir venturoso. Era la habitación de un niño para rato, de los coleccionistas eternos, de los fracasos asegurados.

Sin embargo, diez o doce años después, sin renegar de uno solo de los pósters de su pieza, y aparentemente gracias a ellos, Ezequiel Mizovich se había salvado.

Conduciría un programa de televisión perteneciente a una cadena de Inglaterra, ganaría un sueldo sorprendente y sería conocido por más de la mitad del planeta. ¿Qué pensarían ahora sus padres? ¿Continuaría nodeando la cabeza el señor Arnoldo o ya se habría postrado a los pies de su hijo para pedirle disculpas por su anterior incomprensión?

Los medios de comunicación tienen un efecto inesperado en los padres: basta que su hijo aparezca en uno de ellos para que sientan que su vida está justificada.

Pero la televisión, como mucho, puede mostrarnos el presente o el pasado, nunca el futuro real. Y en aquel cuarto del country, todo lo que veía el señor Arnoldo Mizovich era que su hijo Ezequiel no estudiaba, que se llevaba materia tras materia, que ni siquiera se interesaba por los rudimentos del negocio familiar, la ropa de alpaca.

La vida social del adolescente Mizovich era igualmente penosa: sus pocos amigos eran bizarros; y mientras que las chicas del country gustaban de pasear por dentro del predio en los autos de los padres de sus simpatías, Ezequiel no sentía el menor interés en aprender a manejar (como no fuera una nave espacial).

La primera novia conocida de Ezequiel, a sus diecisiete años —tuvo el tino de no presentarla a sus padres—, fue una señora de treinta y dos años (ahora sería una de mis coetáneas, pero por entonces, cuando me enteré, la consideré una pieza de museo) con un hijo. La había conocido en uno de los antros de ovnilogía, donde se reunían fracasados de todas las disciplinas como ballenas que van a morir a la orilla.

Pero bien, señor Mizovich, señora Mizovich, contra toda fúnebre predicción, vuestro hijo Ezequiel había triunfado en la vida. Había triunfado más que yo, que fui un adolescente moderado y medianamente prometedor; y más que el colega Broder, aquí presente, de cuya adolescencia ignoro hasta si existió.

En su primera etapa, Ezequiel había llegado a hacerse conocido en el ambiente extraterrestre (es decir, entre los cercanos y estudiosos del fenómeno), había fundado una revista que podía considerarse un éxito dentro de su rubro y a menudo, cuando algún tema afín surgía, lo consultaban en radios o programas de televisión. A los veintiséis años, me contaba ahora Broder, de un modo que me resultaba inexplicable, había alcanzado el éxito: conduciría un programa de viajes de una señal televisiva inglesa. Chapó.

—Siempre se dedicó a los ovnis —le dije a Broder—. ¿Cómo consiguió esto?

Broder se frotó los dedos uno con otro, como si de ese modo pudiera limpiarse el aderezo. Tenía el bigote sucio.

—Fue a cubrir un congreso de periodistas de ovnilogía en Inglaterra.

—¿Y? —lo insté a seguir.

—Y, una vez que estás ahí —continuó Broder—, conseguís. Hoy hacen la fiesta.

—¿Qué fiesta? —pregunté.

—¿No te llegó la invitación al diario?

—Hace un mes que no paso por ningún diario. Para un colaborador es habitual recibir todo tipo de correspondencia: las empresas archivan los nombres de quienes firman las notas y luego les envían sus productos o invitaciones. (Cierta vez me invitaron, supongo que por error, a la presentación de una nueva crema íntima femenina. Cuando llegué, no me dejaron pasar.)

—Tomá —me dijo Broder sacando un cartón satinado del maletín donde parecía guardar su casa (los colaboradores llevamos de todo en nuestros también patéticos maletines).

Por la presente, me invitaban a la fiesta de lanzamiento en Argentina del programa de origen inglés Jóvenes del Mundo o Jóvenes de Ninguna parte, no recuerdo. A las 21 horas en el Palacio de los Encuentros.

Posiblemente hubiera salmón ahumado, y descontaba el alcohol.

—No sé si voy a poder ir —dije guardando la entrada en mi propio maletín—. Pero termináme de explicar cómo consiguió este trabajo.

—Le pagaron el pasaje —dijo Broder como si eso lo explicara todo.

—¿Pero cómo es? —dije—. ¿Vas a Inglaterra, a un congreso de ovnis, y conseguís un trabajo en la cadena de televisión más importante?

—¿Y por qué no? —dijo Broder—. Si encontrás el contacto adecuado. A los ingleses no les desagradan los tercermundistas, los consideran románticos.

Además, no es el presentador de la BCC; será corresponsal de un programa. Para nosotros el sueldo es fenomenal, pero para los ingleses es barato.

No sé de qué más hablamos, pero yo ya había terminado mi pizza y a Broder le quedaba todavía medio sándwich.

—¿Vos vas a ir? —le pregunté.

—Sí —respondió—. Tengo que ver a Rimot, y él va seguro. Me tiene que dar laburo.

Rimot era el inaccesible nuevo jefe de un suplemento de espectáculos, y era propio de un colaborador alegrarse por poder coincidir en un evento con una persona a la que es molesto llamar repetidas veces por teléfono.

Lo saludé con un apretón de mano y subí al colectivo que me llevaba a la revista de El amor en el siglo XX.

Medité acerca de si concurrir o no a la fiesta. Me daba tirria ver la cara triunfante de Mizovich; pero el salmón, el alcohol y la posibilidad siempre bienvenida de descansar por una noche de la rutina familiar me tentaban. En la última fiesta me había ido muy bien.

Se había presentado una revista (ahora corrían serios rumores de cierre) de reportajes, que alternaba entrevistas sofisticadas con mujeres desnudas, en un coqueto y oscuro bar de la parte más baja de Buenos Aires. Tomé un par de whiskys y me paré detrás de una colega, Adriana Vassani.

Para mi gran alegría, Adriana me abanicó con sus nalgas durante un largo rato, sin dirigirme la palabra y bebiendo; pero moviéndose de un modo en que no parecía del todo ajena a lo que ocurría entre nuestros cuerpos. Luego, no más borracho de lo que correspondía, me dirigí a mi hogar en taxi y cumplí, a placer y con renovada eficacia, mis deberes maritales.

Por extraño que suene, me resultaría ingrato acostarme con Adriana (no me molestaba, en cambio, aquel mudo y ascéptico intercambio). Es una chismosa cuya firma no he visto nunca por ningún lado, pero aparece en cuanto cóctel se organiza. Llama a todos por su nombre de pila y todos la llaman Adriana a ella, pero no sé de nadie que se diga su amigo. Aunque tiene una voz hombruna y se mueve con cierta brusquedad, no creo que sea lesbiana; de lo contrario, aquella noche, me hubiera golpeado. Un colega me contó que le hacía la prensa a un político y que era una consumidora nata de drogas acelerantes. Eso era todo lo que sabía de ella, y que había sido generosa conmigo. Aquel roce me parecía una correcta metáfora amorosa de la colaboración: ni adentro ni afuera. Era una colaboración sexual. Un roce que provoca satisfacción al menos a una de las partes; y a la otra, puede que le provoque satisfacción o que ni siquiera se entere.

En la redacción, mi hermosa y circunstancial jefa me dijo que no le quedaban ejemplares para darme.

«Fijáte si encontrás uno en administración», agregó.

Quería hablarle de muchas cosas; pero en mi boca sólo se acumulaba el olor a cebolla, y temía abrirla.

Me alejé unos pasos, como si fuera hacia la administración, y como quien deja caer un pañuelo, dije:

—¿De qué va a tratar el próximo número?

Intenté que mi mendicante pregunta sonara a simple curiosidad.

—Ya está cerrado —respondió sin artilugios—. Cualquier cosa te llamo.

Marché a la administración. La siguiente semana no me llamó y luego la revista cerró. Me pagaron la nota, pero no supe más de la jefa de redacción.

Llegué a casa y me lavé los dientes. Pero no alcanza con eso para retirarse del olor a cebolla.

«Tengo que emborracharme», me dije. No sé qué les ocurrirá a los demás colaboradores al respecto, pero yo no me drogo ni trasnocho. Cada tanto, simplemente, como una consecuencia lógica de mi oficio de colaborador, siento la necesidad de emborracharme. Decidí concurrir a la fiesta.

Comí con mi mujer y dormí a mi hijo. Mi mujer prendió la tele y apareció una película que me hizo dudar; pero me dije que era bueno para el matrimonio que cada uno de nosotros saliera de vez en cuando solo.

Tampoco esta vez la fiesta me defraudó. Mozos endomingados repartían canapés de caviar, centolla y palmito. Faltaba el salmón ahumado, pero no el whisky escocés. Comer y beber whisky no son actividades compatibles, de modo que elegí primero el whisky para abrir el apetito. Aquél era un antro reducido, pero la semioscuridad y la caótica iluminación lo llenaban de sitios ocultos. No estaba lo más granado del jet-set cultural porteño, pero aquí y allá circulaban fulgurantes estrellas de las radios, los diarios y la televisión. ¿Con quién hablar? No era una pregunta que me preocupara después del tercer whisky.

Una sonrisa estúpida había aterrizado en mi boca y miraba a mi alrededor con arrobo y sana indiferencia. A unos cuantos metros de mí, pasó una gruesa saeta enfundada en sutiles pantalones negros. Era mi queridísima Adriana Vassani. Me propuse sorprenderla: no le dirigiría la palabra, la saludaría con un gesto; me pondría pacientemente tras ella, con un vaso de whisky en la mano, hasta que nuestras partes, movidas por la inercia, chocaran y se rozaran.

En el cuarto whisky, vi a Broder. ¡Qué apuesto estaba Broder, con mi cuarto whisky! Parecía limpio y perfumado, a su bigote no le faltaba cierta elegancia. ¿Se habría salvado él también? ¿Habría abandonado nuestro flotante gremio? Qué bello pero qué frágil era el mundo de Baco.

¿Y dónde estaba nuestro benefactor? El salvado salvador Ezequiel Mizovich. ¿Por qué no se paseaba por entre las mesas, saludando con lánguidos apretones de manos a sus invitados, como un anfitrión de la Corte del Rey Arturo dignándose a regresar por última vez al nuevo continente?

Ezequiel nos dejaba. ¿Dónde estaba? Me acerqué decididamente a Broder, para hacerle estas preguntas y para conversar en general.

—Ahora no puedo —me dijo Broder como si estuviera en audiencia, con un vaso de jugo de frutilla en la mano.

Seguí su mirada: a unos diez pasos, abstraído, Rimot hablaba con una morocha, de unos cuarenta años, con pinta de secretaria todo servicio. No parecía que aquella conversación fuera a concluir pronto, pero Broder aguardaba esperanzado su turno. Estaba sobrio. Incluso a esa hora y en ese sitio era un colaborador. El descubrimiento de esta penosa circunstancia ameritaba el quinto whisky.

Quiso la fortuna que al acurrucar el vaso en mi mano coincidiera con el suculento (aunque no especialmente bello ni erguido) trasero de Vassani. Me apropincué y esperé a que el tiempo hiciera el resto. Cuando Adrianita me sintió, giró hacia mí como impactada por una ráfaga eléctrica. Aquello era un rechazo, no quería repetir nuestra experiencia.

—Hola —me dijo dándome un beso cerca de la boca y llamándome por el apellido—. ¿Ya estás borracho?

—¿Por qué? ¿Es muy pronto? —pregunté—. ¿Dónde está Ezequiel?

—Viene más tarde —respondió Adriana—. Con el inglés.

—¿Qué inglés? —pregunté.

—El capo del *bureau* de Viajes del canal. El que lo contrató.

—¿Ése fue el contacto? —pregunté.

—Sí —se rió o sonrió Adriana—. El contacto.

No estaba borracha, pero su sonrisa tampoco era sobria.

Me miró como si tuviera algo más para decirme, pero a mí no me interesaba verla de frente. Apuré el quinto whisky y fingí que veía a un conocido.

Apilados en uno de los rincones más oscuros del recinto, aguardaban, tímidos pero orgullosos, los padres de Ezequiel. Arnoldo vestía un smoking, con camisa blanca y moñito. Berta, un traje de color cremita, ajustado, cuya denominación ignoro. Se le marcaban los pechos y las nalgas. Tenía más de cincuenta años y una cabellera bruñida y bien arreglada. Recordé que aquella vez, en el country, doce años atrás, verla en jogging no me había resultado indiferente.

Me acerqué a Arnoldo como si fuera un viejo amigo.

—Felicidades —dije—. Felicitaciones.

Arnoldo me extendió la mano con reservas. En la inhibida sonrisa de Berta descubrí que mi ebriedad me antecedía.

—¿Qué me cuentan? —insistí.

—Aquí estamos —dijo Arnoldo, intentando averiguar quién era yo—. Muy contentos.

—No es para menos —dije—. ¿Se hubieran imaginado esto hace diez años...?

Berta contestó:

—Siempre confiamos en Ezequiel.

Arnoldo asintió en silencio. Miró por encima de mi cabeza, buscando alguna autoridad que pudiera rescatarlo del borracho si hacía falta.

Los saludé con una moderada inclinación y me perdí en la acotada muchedumbre. Hubo dos o tres whiskys más, no recuerdo; pero en algún momento

—el mundo de Baco es frágil— el arrobo fue usurpado por cierta sórdida melancolía. Me permití caer, manteniendo la vertical, sobre una especie de escenario, y dejé que el tiempo pasara como si no tuviera que ver conmigo. ¿Mantener la indiferencia ante el tiempo será el secreto para la juventud eterna? No lo sé, pero una proyección estalló contra una pantalla instalada sobre el escenario, a un metro de mis ojos, y me arrebató de mi contemplativo sopor.

Quizás era animación computada o ya habían grabado algunos programas: en la pantalla, apareció Ezequiel junto a unos nativos guaminís, entrevistando a jóvenes maoríes y tomando un jugo junto a una bella kanaka de Samoa. Me enteraba de cada uno de los gentilicios por el subtitulado.

La pantalla se apagó abruptamente y por la puerta contraria entró Ezequiel seguido del inglés.

Se encendieron las luces y las mesas dispersas se unieron en una sola hilera. Los mozos retiraron todo, cambiaron los manteles y distribuyeron copas nuevas y botellas de champán. El lugar era incluso más chico de lo que se podía sospechar.

Habló primero el inglés, Duck Emeret.

Era una mariposa. Me refiero a que era de un afeminamiento pasmoso. No era parecido a una mujer, sino a esa criatura nueva que ciertos homosexuales escénicos construyen con gestos e inflexiones de la voz. La primera impresión, al menos en aquella mesa y circunstancia, fue de estupor.

Estábamos divididos en dos franjas y no debíamos ser más de cincuenta. Antes de que Emeret comenzara a hablar, divisé a Rimot junto a su proyecto morocho de secretaria o a su secretaria morocha proyecto de amante, habría que ver. Se notaba, aun sin mirar debajo de la mesa, que el muslo de ella reposaba descuidadamente sobre la pierna de él. Aguardaban a que todo terminara de una vez para marcharse a alguna de las dos casas, si no eran casados; o a donde él quisiera llevarla, en caso de que alguno de los dos o los dos lo fueran. Broder también aguardaba. Con una mirada cansina y una mueca de resignación indescriptible, hacía girar su dedo índice por el redondel de la base de la copa. Ahora no sentí pena por él. Simplemente estaba allí buscando trabajo y no era menos digno que los demás. Volvería a su casa, con su esposa y sus hijos, y como pudiera sacaría adelante a su familia, sin molestar ni traicionar. Continuaría padeciendo agachadas menores y mantendría la amarga esperanza de que alguna vez una empresa le garantizara viajes pagos para siempre, pero gracias a gente como él el mundo continuaba girando, y subsistían las ideas morales y la convicción de que los niños deben ser protegidos. Si tuviera que elegir con quién compartir el resto de los almuerzos de mi vida, elegiría sin dudar a Broder y no a Rimot.

Los padres de Ezequiel habían esperado el comienzo del discurso tomados de la mano. Ahora sí, con la luz blanca sobre sus rostros, podía apreciarse el orgullo de los progenitores. Ella relucía, con rimel y adornos faciales. Su hijo había triunfado. Las manos anudadas eran el colorario de toda una vida, de un amor romántico y filial, la coronación de un éxito que había llevado veintiséis años de trabajo. Arnoldo tenía la expresión antipática de los vencedores que se niegan a sonreír. Exponía su triunfo —el de su hijo— con una seriedad solemne, casi despreciativa hacia los demás. Todos aquéllos venían a testimoniar la victoria de su vástago. Arnoldo se arregló el moño mirando a su hijo con respeto y, en ese instante sí, con una sonrisa admirativa. La única que le vi en toda la noche.

Debemos reconocer que cuando Emeret comenzó a hablar, el rostro de Berta se contrajo. Fue la mueca propia de quien encuentra un inesperado detalle de mal gusto en un sitio pulcro. Pero apenas duró un segundo. Arnoldo lo asumió con hidalguía: su cara no reflejaba sino atención.

¿Qué motivo de sorpresa había? ¿Acaso no era común, entre los comunicadores del Reino Unido, la diversidad étnica y sexual? En el mundo desarrollado hacía rato que el amaneramiento había dejado de ser un obstáculo para llegar lejos en los medios audiovisuales. Gracias a Dios, bajo los nuevos vientos de libertad, hasta su hijo, judío diaspórico y latinoamericano, podía alcanzar las mismas cimas que cualquier inglés.

Emeret se refirió al programa, a su importancia en Inglaterra y el resto del mundo, al impulso que le daría en Latinoamérica la conducción de Ezequiel. Mencionó que la Argentina no era un *target* menor en los objetivos de su cadena televisiva. Terminó anunciándonos la hora de proyección y rogándonos, con una sonrisa, que no dejáramos de verlo.

Luego se puso de pie Ezequiel y agradeció a sus padres, a sus amigos y especialmente a Emeret.

Dijo que había dedicado buena parte de su vida profesional (lo que personalmente consideré un exceso lingüístico) al estudio de la vida en otros planetas, pero que ahora le resultaban mucho más interesantes las distintas vidas que podía encontrar en éste.

Todos aplaudimos, pero yo decidí no tomar champán. Nunca me había gustado, y la mezcla de bebidas puede convertir la elegante borrachera del whisky en un espectáculo bochornoso. Me he hecho la solemne promesa de que si alguna vez vomito en público, abandono para siempre el alcohol, y hasta ahora no he tenido que cumplirla.

La fiesta terminó. Adriana había sonreído divertida, y avisada, cuando Emeret largó con su discurso y sus ademanes. Broder se retiró erguido. Rimot, reclinado sobre su anónima acompañante. Quise preguntarle a Adriana quién era ella, pero estaban todos saliendo y no la encontré.

Di una vuelta manzana buscando taxis y eludiendo a un corrillo de lúmpenes que bebían cerveza contra los murallones de una obra en construcción. ¿Por qué había dejado de fumar? Tenía frío y no me alcanzaba con meterme las manos en los bolsillos. Si en ese momento hubiese pasado una prostituta, creo que lo habría intentado por primera vez en mi vida.

Quedé parado en la esquina de enfrente de una playa de estacionamiento y vi a Ezequiel, con un largo sobretodo negro, presumiblemente inglés, conversando con sus padres. Algo discutían.

La madre le dio un beso en la mejilla y se alejó de la escena, a paso rápido, como ocultando la cabeza en su propio abrigo. ¿Sollozaba? Arnoldo permaneció mirando a su hijo de frente. Airado. Parecía a punto de pegarle. O de soltar una frase que los separaría para siempre. ¿Qué lo enojaba así?

Un lujoso auto gris se instaló entre ambos y una de las puertas se abrió.

Desde mi punto de mira, pude reconocer la redonda cabeza de Emeret en el sitio del conductor.

Ezequiel entró sin un beso ni un abrazo, ni un apretón de manos para su padre. Arnoldo miró alejarse el auto con una expresión pétrea.

Nodeó la cabeza.

Un viaje imprevisto

Ribalta nunca había podido explicarse por qué los albergues transitorios, fuese cual fuese su categoría, le resultaban vulgares.

Aunque sentía un inmenso afecto por el confort y ni una pizca de cariño romántico por lo despojado, le era más apetecible un hotel de una estrella para pasajeros que el más rimbombante de los hoteles de amor. Y no se trataba de que en el hotel para pasajeros se pudiera uno detener solo o en familia, a diferencia de los otros. No.

A Ribalta no se le antojaba estar solo, y esa noche, tampoco en familia.

Se preguntaba, con su amante dándole la espalda, morena envuelta en sábanas blancas, por qué las sábanas le parecían sucias, por qué le desagradaba mirarse en el espejo («quién sabe qué cosas reflejó»).

«Es la fornicación», se dijo Ribalta. «En estos hoteles, es un sacrilegio engendrar niños.» Sin embargo, Ribalta no sentía culpa.

Siempre le habían gustado las mujeres estúpidas. Eran sumisas en el sexo y no molestaban en la vida pública. Creían todo lo que uno les contaba y lo adoraban como a un dios. Con su esposa y su hijo de viaje, Ribalta se había permitido la adulación y ejercer el sometimiento sobre un ser que no tenía en su vida más importancia que una nube.

«Bueno, terminemos con esto», se dijo Ribalta. Eran las cuatro de la mañana.

Lo esperaba un sueño reparador en su casa vacía. Quizás un último whisky y una película por cable.

Levantó el teléfono sin disco de la habitación y le pidió al conserje que le llamara un taxi. La mujer, la hermosa morena, se dio por aludida y comenzó a vestirse. Ribalta le dio un último beso desganado en la espalda. Ya comenzaba a olvidarla.

Bajaron en el pequeño ascensor. El alfombrado rojo de los pasillos podía sentirse en la piel, en forma de calor.

El conserje les dijo que el taxi llegaría en un minuto. Ribalta entregó la llave. Se palpó los bolsillos por quinta vez. «Olvidarse algo en un telo es la quintaesencia de la estupidez.»

El taxi cumplió la frase del conserje y se detuvo suavemente junto a la pequeña puerta. El cielo estaba oscuro y ni un alma pasaba por ese estrecho, escondido por un árbol, rincón de la calle Castro Barros.

Eugenia subió primero y Ribalta se acomodó junto a ella. El roce de su mano contra las medias de nylon le produjo escozor. El taxista le preguntó a dónde iban.

«Primero vamos a Callao y Pacheco de Melo», dijo Ribalta, «después, yo sigo hasta Belgrano».

El taxista asintió en silencio y recién entonces Ribalta reparó en su gigantesca nariz. Era tan grande que daba la sensación de que, cuando el taxista asentía, podía chocar contra el espejo retrovisor.

Eugenia permanecía callada. Ribalta no sabía si avergonzada o satisfecha. Agradecía tanto ese silencio que no le interesaba saber su causa. La mujer le había dado todo lo que él quería, y además había gritado de placer y le había suplicado primero que parara y luego que siguiera. ¿Qué más podía pedir un hombre casado en su noche de escape?

Suspiró, contuvo el impulso de pasarle un brazo por los hombros y echó otro vistazo fugaz a la nariz del taxista. Cuando llegaron a Pueyrredón por Bartolomé Mitre, una pequeña brecha en el cielo dejó pasar una luz que comenzó a iluminar la ciudad.

«En el secundario teníamos un compañero que tenía una nariz más grande que ésta», se dijo Ribalta, «nunca me burlé en su cara. Pero en más de una ocasión, hablando con otros, lo llamé cara con manija».

En pocos minutos —la ciudad estaba vacía— llegaron a la casa de Eugenia. A Ribalta le agradaba que viviera en el piso quince de un coqueto edificio.

Lo despidió con un beso en la mejilla. Eugenia vivía con sus padres.

«Despertála a tu mamá y contále las cosas que te hice», pensó Ribalta. «Decíle que me llame», agregó, perversamente, para sus adentros.

Ribalta descubrió que el taxista lo estaba mirando.

—¿Sí? —dijo Ribalta.

—¿Por dónde agarramos?

—Por donde sea más rápido.

El taxista arrancó. La luz ya descubría las cosas, pero aún era tenue. Ribalta quería estar en su casa antes de que el día fuera claro. En ese momento temió la luz como un vampiro.

Nuevamente, el taxista lo miraba.

—Discúlpeme —dijo el taxista—. ¿Usted estudió en el Normal 25?

Ribalta intentó memorizar qué número tenía su escuela, pero sólo la recordaba por el nombre.

—El secundario lo hice en el nacional Camargo —dijo.

—¿Usted es Ribalta?

Y como si no hubiera pensado en él un instante atrás, Ribalta gritó:

—¡Stefanelli!

—¡Ribalta, viejo nomás! —gritó Stefanelli frenando violentamente. De no haber estado la calle vacía, pensó Ribalta, seguramente un camión los habría arrollado, y él habría muerto después de engañar a su esposa. Era una muerte menos patética que la de aparecer junto al cadáver de la amante.

Antes de que Stefanelli comenzara a hablar desaforadamente, Ribalta descubrió que la nariz de su recuerdo era más grande porque entonces la cara de Stefanelli era más chica. Pero no había dudas de que Stefanelli era un verdadero Cyrano, en su recuerdo y en el presente.

Stefanelli se entregó de lleno a la costumbre de los taxistas que Ribalta más odiaba: girar el rostro hacia el pasajero mientras manejan.

«Finalmente», se dijo Ribalta, «moriré en un accidente automovilístico».

La cerrada discreción que Stefanelli había ofrecido desde que los recogiera en el albergue transitorio, se había tornado ahora un dique roto, una catarata de palabras dichas a los gritos.

—¿Te acordás de Tomasini? ¿Te acordás de Nisiforo? ¿Te acordás de Mizrahi? ¡Qué barra, eh! ¿Te acordás de la vez que se afanaron la bandera y pusieron un repasador en el mástil?

Terminó la andanada con una tempestuosa carcajada y, para alarma de Ribalta, soltando el volante.

Ribalta recuperó un recuerdo de entre tantos nombres, y lo comentó:

—Me acuerdo que Felleti, un tipo muy tonto, le pegaba a Mizrahi porque era judío. ¿Te acordás?

El rostro de Stefanelli transmitió la seriedad con que recibía el comentario. Se hizo un silencio y luego dijo:

—No me acordaba. Pero tendríamos que haber ayudado a Mizrahi.

—Es cierto —asintió Ribalta—. Lo pensé más de una vez.

—Los judíos son nuestros hermanos mayores —cerró Stefanelli.

Ribalta no contestó, pero se interrogó desconcertado: «¿Hermanos mayores de quién? Mi hermano menor es ateo, en todo caso ex cristiano. Y hermano mayor no tengo. ¿Stefanelli será un cristiano practicante? ¿O hablará con el mismo ímpetu de cualquier cosa?».

Bajó la ventanilla, el aire era hermoso.

—Y con las mujeres... —reinició la conversación Stefanelli—. Veo que seguís teniendo éxito.

—Más del que quisiera —se jactó humildemente Ribalta.

—¿Cómo es eso? —inquirió sonriente Stefanelli.

—Esta chica... La pasé bien. Pero no sé. Quizá no debería —dijo Ribalta, absurdamente cohibido.

—Mientras la quieras bien, y pienses en formalizar, todo se puede arreglar.

—Ni la quiero bien ni pienso en formalizar —dijo Ribalta asombrado.

—¿Es una mujer de la calle?

—¡No! —gritó Ribalta—. Nunca. Nunca toqué a una puta.

Ribalta recordó que Stefanelli había debutado con la misma mujer que otra quincena de chicos del curso, y tuvo algún remordimiento por haber expresado tan abiertamente su castidad respecto de las rameras.

—¿Y entonces? ¿Qué te impide pensar en ella como una buena futura esposa?

—Que ya tengo una buena presente esposa.

El rostro de Stefanelli mutó. Fue como si repentinamente una roca adquiriera la capacidad de cambiar su forma: primero soltó todo tipo de gestos, y luego se contracturó en una mueca dolida. Por un segundo, Ribalta creyó que le había desaparecido la nariz.

—¿Estás casado? —preguntó Stefanelli con un tono de voz absurdo, ceremonial.

—Sí —dijo Ribalta, tratando de regresar a la normalidad con un tono despreocupado.

Stefanelli frenó de golpe.

—Bajáte —le dijo.

—¿Qué? —preguntó Ribalta.

—Soy Testigo de Jehová, no puedo llevarte.

—Son las cinco de la mañana, Stefanelli —dijo Ribalta ofendido—. Dejáte de joder.

Stefanelli, sin decir una palabra, reemprendió la marcha. Ribalta estaba molesto porque ese imbécil, ese pobre infeliz que había terminado en un taxi, había intentado retarlo. «Está resentido con la vida, y se la agarra con el primer compañero de la secundaria que encuentra.»

El taxi estaba entrando en la avenida Cabildo. Llevaban unos cuantos minutos de completo silencio.

—Vos te acordabas con humor de cuando robaron la bandera y la cambiaron por un trapo —dijo, infantil, Ribalta—. ¿Eso te parece bien?

—Una bandera es un trapo —dijo convencido Stefanelli—. Una mujer, no. Tenés que hablar con los Hermanos Mayores.

—¿Los judíos? —preguntó Ribalta.

—No, los Hermanos Mayores son los más sabios de entre los Testigos. Los más ancianos.

Quedaron nuevamente en silencio.

—Engañar a tu mujer es comenzar la destrucción del planeta —recriminó Stefanelli—. Es arrojar tu alma a los infiernos.

Ribalta descubrió la súbita reaparición de la inmensa nariz de Stefanelli.

El coche se había pasado dos cuadras de donde tenían que doblar.

—Miller era la de atrás —dijo Ribalta.

Stefanelli no contestó.

—¿Te imaginás qué sería del mundo si todos saliéramos con las mujeres de todos?

Ribalta dedicó un segundo a la imagen. No pudo sacar ninguna conclusión.

—No habría orden. No habría convivencia. No habría familia.

—Eugenia no es la mujer de nadie —dijo Ribalta.

—No todavía —aceptó Stefanelli—. Pero el día de mañana, la persona que se case con ella encontrará tu semen en su interior.

Por muy absurda que le resultara la frase, en su silencio Ribalta no pudo dejar de pensar que en ningún caso su semen había quedado en el interior de esa mujer.

—Pero si no tenés límites a este respecto, no tenés creencias —recomenzó Stefanelli—. ¿Cómo te explicás el mundo?

—No me lo explico —respondió mecánicamente Ribalta. Y agregó:

—Stefanelli, creo que ya nos pasamos como diez cuadras. Doblá acá y llevame para casa.

Stefanelli seguía conduciendo en silencio.

—Stefanelli...

Ribalta se vio obligado a asumir que Stefanelli lo estaba llevando a cualquier lado.

—Tenés que hablar con los Hermanos Superiores.

—¿No eran mayores? —preguntó Ribalta.

Salieron de Cabildo.

—Stefanelli, pará acá —dijo imperativo Ribalta.

«Es un asesino serial», pensó Ribalta, mientras Stefanelli continuaba conduciendo impávido. «Como la novela esa, de los taxistas que se revientan contra postes.» Era la nariz de la muerte.

Debían estar viajando a una velocidad superior a los cien kilómetros por hora. Ribalta no supo qué calles habían tomado, pero de pronto se encontró en la Costanera Sur. El sol rebotaba contra el río marrón, la amplia avenida estaba vacía, y unos enormes pájaros indeterminados planeaban alrededor de montañas de basura.

«La vida es horrible», pensó Ribalta. Pero no se sentía arrepentido ni culpable. No hubiera elegido otra forma de vida. Un semáforo en rojo, el primero de aquel largo trayecto, los detuvo. Ribalta levantó el seguro de su puerta, la abrió y salió corriendo. Stefanelli tardó un segundo en reaccionar, se bajó del auto y lo persiguió.

Corrían pegados a la baranda de la Costanera, los zapatos resonaban en el día vacío.

Ribalta, pese a la excitación, sentía profundamente el cansancio. Recordaba la película *Maratón de la muerte*. Stefanelli se le estaba acercando.

En esa situación, persiguiéndol), Stefanelli le parecía un monstruo. Y estaba convencido de que si lo alcanzaba le ocurriría lo peor que podía ocurrirle en la vida. Pensó que debería haber tratado mejor a Eugenia. Todas las criaturas humanas merecían buen trato. Luego le faltó el aire y ya no pudo pensar en nada.

—¡Pará! —le gritó Stefanelli—. Sólo quiero hablar.

Ribalta se detuvo, porque ese diálogo concertado le resultaba menos temible que la posiblidad de seguir corriendo y que lo alcanzaran.

—Tenés que hablar con los Hermanos Superiores —dijo Stefanelli—. Es lo único que te pido. No podés vivir así.

—Bueno, dame un poco de tiempo —dijo Ribalta.

—Acá no más —dijo Stefanelli—. En el stand de Líneas Aéreas Paraguayas del Aeroparque, trabaja el hijo de uno de los Hermanos. Se llama Hugo. Podés venir a hablarle cuando quieras.

—Voy a venir —dijo Ribalta.

Se callaron, enfrentados como en un duelo. El taxi de Stefanelli estaba detenido en el medio de las sendas peatonales.

—No te puedo llevar en mi taxi —dijo Stefanelli.

—Comprendo —dijo Ribalta.

Stefanelli caminó apesadumbrado hacia su auto. Ribalta esperó quieto a que lo pusiera en marcha.

Stefanelli siguió en la dirección en la que venían; Ribalta aguardó aún unos minutos a que se alejara lo suficiente y luego comenzó a correr en la dirección contraria.

Al terminar la fiesta

«Todos están mejor», pensó Ariel. Era una fiesta de las que le gustaban. Buena comida, libre acceso a la buena comida, bebida fría, concurrencia indeterminada, bellas mujeres solas, libertad de movimiento: no precisaba insertarse en ningún grupo, ninguna necesidad de hacer el payaso o animar la fiesta.

Ariel, aunque tímido y moderado, sentía en las fiestas opacas la necesidad de levantar el ánimo de los concurrentes. No por afán de figuración sino, realmente muy por el contrario, por una excesiva cortesía hacia los anfitriones. Sin que pudiera manejarlo conscientemente, en el alma de Ariel se instalaba la necesidad de evitarles un desengaño a los dueños de casa. O, dentro del mismo sentimiento, la imposibilidad de contemplar pasivamente el fracaso de la fiesta. De modo que Ariel inventaba temas de conversación, comentaba libros o improvisaba chistes. Tenía una habilidad innata para hacer creer a los participantes de la fiesta que estaban protagonizando una charla mientras él desarrollaba su monólogo. En la despedida, su alma embriagada en el afán de agradar padecía una resaca: había hablado de más, era unególatra y había arruinado lo poco de fiesta que se hubiese podido salvar. Sólo se calmaba cuando su esposa lo convencía de que había estado agradable y saludablemente divertido.

En la presente fiesta, Ariel disfrutaba de su anonimato, y también, aunque suene mal, de la ausencia de su esposa. Natalia se había quedado en casa estudiando.

Ariel paladeaba su soledad en las fiestas recordando otras épocas, cuando la soledad podía ser un martirio.

Mirar a las mujeres sin recato, comer desprolijamente sin que su mujer se avergonzara, no buscar más que su propia comodidad. Era un inofensivo descanso en el fluir constante, y en su caso feliz, del matrimonio.

Maite, una conocida de cabello castaño y destacable cuerpo, entre la charla suelta y la ingestión de canapés rozó varias veces a Ariel con sus pechos. Ariel supo que, en otras circunstancias, sería la clásica escena que concluía en su cama de soltero. ¿De cuántas fiestas se había retirado con una presa, como un pescador que arroja el mediomundo a un mar misterioso? ¿De cuántas otras había salido malamente borracho, solo y sin ánimos suficientes siquiera para dormir? Maite alternaba entre apoyarle la cabeza y los pechos en la parte descubierta de su brazo (tenía las mangas de la camisa arremangadas), cuando la vio. Patricia. Acompañada de un hombre. Un hombre medianamente gordo y formalmente vestido; con una calva, formal también, en la parte posterior de la cabeza.

Patricia, Pato por entonces, ahora sonreía y estaba radiante. Tan lejos de aquella chica mortificada y silenciosa que siete años atrás le había dicho a Ariel, sentada en su cama: «Puse mucho en esta relación... Me voy a matar».

Ariel, hacía siete, casi ocho años, se había separado de su primera mujer, Emilia. Una relación que comenzó en la adolescencia y tuvo el mal tino de persistir. O bien se habían demorado en separarse, o bien se habían apurado en casarse, pero un día descubrieron que no se soportaban. Emilia le pidió a Ariel que se fuera de casa por un tiempo. Ariel le pidió el divorcio a los seis meses.

Ariel era un casado prematuro y se transformó rápidamente en un divorciado neonato.

En ese momento de hecatombe, en ese interregno entre ser un hombre separado y ser nuevamente soltero, como a quien le cuesta despertarse, sus amigos le presentaron a Pato.

Ariel supo desde la primera cita que ella era depresiva. Pero le pesaba estar solo y no tenía necesidad de prometerle nada. Pato aceptó de inmediato la primera invitación a su casa.

Pasaron unas semanas comportándose como novios; y aunque Ariel no le encontraba mayores atractivos, más pereza aún le daba separarse. Lo cansaba la sola idea de decirle que no quería verla más en su rostro de náufraga que ha hallado un tronco. Así quería estar Ariel: como un tronco. Ya tenía bastante de separaciones por un buen tiempo.

Pero Pato comenzó a insertar «charlas sobre la pareja». Lo invitaba a viajes de fin de semana, se

quedaba a dormir todas las noches en su recientemente adquirida casa de soltero. Comenzó a dar a
entender que estaba esperando ser invitada a vivir
allí. Pato vivía con sus padres, con los cuales tenía
la peor de las relaciones, y nunca había logrado irse a vivir sola.

Una noche —Ariel siempre se culpó de que hubiese sido una noche («de día, todo hubiese sido
más fácil», repetía por aquel entonces)—, se vio
obligado a decirle que no buscaba nada serio con
ella. Y, sin saber que lo diría, le aclaró que tampoco deseaba continuar la relación.

Pato lo miró incrédula. Porque no se lo esperaba, porque estaba en cualquiera de sus sueños. O
porque jamás hubiese imaginado, aun con lo poco
que lo había conocido en esas escasas semanas, que
él se animaría a decirlo.

Ariel recogió la mirada de Pato y descubrió que
quizás había estado un poco brusco. Recomenzó las
frases, pero con el mismo sentido. Era una despedida, quería terminar.

Pato se le arrojó encima, llorando y besándolo
a un tiempo. Lo tocó desvergonzadamente y soltó
dentro de ella una amante descontrolada. Ariel se
sintió francamente violentado. No creía ni una caricia de aquella repentina ninfómana; y aun cuando
su arrebato hubiese sido auténtico, no la deseaba.

Nunca la había deseado. No le había prometido nada, ni había logrado de ella más que ella de él.
Después de todo, la relación había durado apenas
más que un mes. Un tiempo prudencial para expe-
rimentar el completo fracaso.

—No, no me podés dejar así —le dijo Pato cuando él la separó de sí suavemente—. Yo hice planes. Estábamos por irnos a vivir juntos... Yo puse mucho en esta relación.

Ariel la miró atónito. Las mujeres hacían planes con él sin consultarlo.

—Lo siento mucho —dijo Ariel como en un velorio—. Pero nunca se me ocurrió irme a vivir con vos. Ni siquiera pensé que lo nuestro iba a durar...

Pato replicó con un llanto desesperado. Un llanto más caudaloso y auténtico que su fingido ataque sexual. Cuando recuperó el aire, se sorbió los mocos y le dijo:

—Puse mucho en esta relación... Me voy a matar.

Ariel primero no comprendió. Su esposa lo había echado de la casa hacía menos de ocho meses y otra mujer amenazaba con matarse.

Contabilizó con alarma todos los posibles medios de que Pato cumpliera su amenaza: la ventana abierta, desde la que tranquilamente podía, si bien no matarse, romperse las piernas. O matarse, en realidad, si era tan temeraria como para arrojarse de cabeza. Los cuatro o cinco tomacorrientes que se destacaban en los zócalos de las paredes. Hojas de afeitar, no. Cuchillos, sí, a montones, bien filosos, perfectamente expuestos en el secador de cubiertos de la cocina. Si Pato sinceramente deseaba matarse, ya podía comenzar.

—No te voy a dejar sola —dijo Ariel—. Calmáte.

—No quiero que me acompañes como a una nena —dijo Pato envalentonada por el efecto de su amenaza.

—¿Te hago un té? —preguntó Ariel.

Pato asintió.

Ariel fue a la cocina, pero no se animaba a dejarla sola.

Cada tanto, aun en el breve tiempo que tardó en hervir el agua, asomaba la cabeza, la miraba y le sonreía. Pato no respondía. Ocultaba la mirada y su gesto parecía reafirmar la decisión.

«¿Qué hago?», se preguntó Ariel volcando el agua hervida sobre el saquito de té. Eran recién las doce y cuarto de la noche. Le dio miedo ver el agua lacerando el débil papel del té.

Ariel se acercó con los dos vasos y temió que ella le arrojara el agua hervida al rostro.

—No tengo por qué vivir —dijo ella.

Ariel pensó que terminarían en un hospital. Él debería hacerse cargo de la internación. Llamar a los padres, dar los datos. Palideció y tragó saliva. Luego, se quemó la lengua con el té.

—Vamos a pasar la noche juntos —le dijo Ariel—. Intentá ir tranquilizándote de a poco.

Ella respondió con una sonrisa irónica.

«Qué poder tienen sobre nosotros las personas que nos aman sin que les correspondamos», pensó Ariel. Un amante despechado podía hacer cualquier cosa.

Las horas pasaron. Hay cierto momento de la madrugada en que el tiempo se torna piadoso y corre con mayor velocidad. Como si la Tierra no quisiera estar detenida demasiado tiempo bajo ese cielo que no es ni negro ni celeste, ni rosado ni amarillo, ese espacio de la madrugada en que todas las cosas, incluidos los sentimientos y los pensamientos, son informes. A partir de las tres, la mañana ya llega. Disminuye la densidad de las horas. Los minutos ni siquiera cuentan. Pato se durmió. Ariel se mantuvo despierto, observándola. Alegre, quizás algo eufórico (un efecto de la madrugada), por no haber cedido a la tentación de calmarla con un golpe de sexo.

En algún momento se adormeció y luego despertó sobresaltado. Ella ya no estaba. Los colectivos sonaban afuera. El día por fin había llegado. Eran las siete y veinte de la mañana. Ariel sonrió: una vez más, veía la luz del sol. La sonrisa se le interrumpió con una certeza brusca: era por la vida de ella, no por la de él, que había temido durante la noche.

¿Dónde estaba? ¿Hecha un cadáver frío y sanguinolento en la planta baja? No. Ya lo hubiesen despertado. ¡El baño, colgada en el baño! Colgada del caño de la ducha. Se acercó al baño. La puerta estaba cerrada. Sintió náuseas. Se le llenaron los ojos de lágrimas. Le palpitaba la cabeza. Abrió de un solo empujón: el baño estaba vacío. Agradeció a Dios. En la cocina tampoco había rastros. Descubrió, en un segundo vistazo, el lápiz labial sobre la repisa del espejo del baño. Ella lo había olvidado. «Los suicidas no se pintan los labios», pensó con forzado alivio.

Y entonces afrontó la tarea impostergable: la llamó por teléfono.

Atendió la madre.

—Sí, está. Pero está durmiendo.

—Ah, está bien, no era nada importante —dijo Ariel.

A los minutos de cortar, imaginó que ese dormir no era inofensivo: pastillas.

Aún estaba a tiempo de matarse por él. No tuvo un minuto de paz por el resto de la mañana. Se adormilaba y despertaba en el medio de pesadillas donde los enterraban juntos.

A la una, llamó nuevamente.

—Sí, está —repitió la madre.

En el intervalo, Ariel descubrió que Pato había despertado. Agradeció nuevamente a Dios.

Cuando pensó que finalmente había tomado el teléfono, la voz de la madre le dijo:

—Dice que no puede atender.

—Ah, perfecto —dijo Ariel involuntariamente—. No se preocupe.

Colgó el teléfono con su sonrisa entera y salió a festejar. Tomó una cerveza de litro. En el segundo vaso, se dijo: «No le hablo nunca más en mi vida».

Y allí estaba, siete años después. Nueva, bella, casada. Quizá mejor que Ariel. Pese a la promesa que se había hecho frente a aquel jubiloso vaso de cerveza, Ariel estimó, cuando cruzaron miradas, de pésimo gusto no saludarla. El marido estaba en la cocina.

—¿Cómo andás? —dijo discretamente él.

—Bien, ¿y vos? —contestó ella por cortesía.

Él asintió y eso fue todo. Incluso los dientes de Patricia parecían mejores. Vestía una ropa vivaz, muy distinta de aquellos atuendos hippies de apagado color lila que convocaban ideas de abandono y desgano.

Maite lo capturó nuevamente, casi tirándosele encima. Estaba algo borracha. Ariel había aprendido: no todas las aguas que bajaban de la montaña eran potables.

Un conocido le preguntó por su trabajo y, en cuanto Ariel comenzó a contestar, lo interrumpió con una rigurosa descripción de su tarea: la dirección de un supermercado. Ariel se interesó en el relato.

La fiesta transcurrió. Maite vomitó en el baño y regresó fresca. Pato y su marido intercambiaban arrumacos y comían poco. La dueña de casa trataba con especial esmero a Ariel —el único hombre solo— acercándole las mejores comidas. Alguien le preguntó por su esposa y Ariel aprovechó para elogiarla. Estaba cómodo y aún quería seguir probando exquisiteces, bebiendo y disfrutando de la contemplación de las personas.

Llegaban las dos de la mañana y Ariel había decidido instalarse cerca de un grupo en el que estaba el director del supermercado, pero sin terminar de adjuntarse. Pato y su marido, Héctor, iniciaron los trámites de despedida.

—Bueno..., nos vamos.

Los saludos, los agradecimientos.

«Qué increíble», pensó Ariel. «Esta mujer alguna vez tuvo la energía suficiente como para decirme que se iba a matar. Y ahora envejecerá tranquilamente, y no podrá creer que era ella misma. O lo recordará con una sonrisa.»

Hector saludó a todos con un franco apretón de manos. Uno por uno. Pato, con un beso en la nejilla. Semiinclinada, casi ocultando el rostro en el cuello de la persona que besaba. Y a Ariel le dijo al oído: «Me había imaginado la vida junto a vos. Me voy a matar», en un susurro serio que no admitía dobles sentidos.

El compañero de asiento

Era la primera vez que viajaba en una aerolínea mexicana, y el paisaje humano me sorprendió. Hombres morenos con narices en noventa grados y labios gruesos color cacao. Mujeres con bigote y fuertes paletas dentales.

«Nada ha cambiado», me dije. «El imperio azteca es el imperio azteca. Volamos en un pájaro de fuego. Del mismo modo volaban los antiguos dioses de esta gente.»

Durante toda la espera del abordaje, me había acosado una chica argentina de la ciudad de La Plata.

Los argentinos en el exterior nos atraemos y repelemos a un tiempo: sólo podemos hablar entre nosotros, pero nos avergüenza comprobarlo. Deseamos ser cosmopolitas y trabar amistad con el extraño: inútil, sólo nos queda rechazarnos entre compatriotas.

Pero Paula tenía intenciones apasionadas: propuso escaparnos juntos a una playa de Cancún, una escala, en el tiempo que distaba hasta el siguiente vuelo.

La rechacé porque no soy tan estúpido como para ser infiel con una argentina en el exterior y porque estaba embarazada de dos meses. La gente es extraña.

Ya en el avión, nuestros asientos estaban lejos.

Me tocó sentarme al lado de un rollizo calvo de piel amarilla y lentes de un grosor inestimable. La calva no era completa: una franja de pelo negro la limitaba prolijamente.

Me gustó el gordo: miraba hacia adelante y no hablaba. El viaje no duraba más de dos horas; pero un pasajero locuaz y la imposibilidad de salir a tomar aire podían hacerlo interminable.

El despegue fue el peor que he atravesado en mi vida. El avión se elevó traqueteando con un ruido raro y, ya en el aire, se inclinó hacia un lado y otro, como borracho. Sin que el piloto anunciara turbulencias, nos encontramos galopando en la nada. El cielo estaba iluminado y podía ver las nubes subiendo y bajando sin ritmo, como si alguien estuviese agitando una maqueta.

Mi gordo y silencioso compañero de asiento se había transfigurado: la piel amarilla estaba ahora enrojecida; un rojo pálido, con el tono de un helado de agua. La mirada clavada en un rezo seco contra la bolsita del vómito; los lentes empañados. Ambos puños apretados y sudorosos.

Reconozco que por primera vez en mis treinta años de judío subió por mi mano el deseo de hacer lo que tantas veces he visto en los gentiles: persignarme. Pero un dejo de sabiduría ancestral me refrenó.

Finalmente, como si el piloto hubiera terminado con una broma de mal gusto, el aparato se estabilizó y recuperamos la extraña quietud de quien viaja a una velocidad que no puede sentir. El pacto entre el hombre azteca y el pájaro de fuego se había revalidado. Miré a mi compañero, con quien nos unía ahora el fuerte lazo de haber sobrevivido juntos a una posible catástrofe, y aún lo vi contracturado, tenso.

—Bueno —le dije con una sonrisa—. Ya pasó.

Chistó con desagrado.

—¿Teme por la pericia de nuestro piloto? —le pregunté.

El hombre apenas movió la cabeza, en un casi imperceptible gesto de negación. Los puños permanecían crispados, la vista fija, pálidamente rojo el color de la piel. Sudaba.

—Señor... —dije finalmente—. ¿Precisa ayuda? Tal vez no hablaba el castellano.

—*Mister...* —comencé.

—Si no le molesta —dijo finalmente en un castellano neutro y perfecto—. Yo prefiero que se caiga el avión.

—Yo, en cambio, no. Prefiero estar asustado antes que morir —dije, simplemente porque hablar disipaba el miedo que la respuesta de aquel hombre me había provocado. Era un psicópata o un psicótico; y en cualquier caso, un peligro.

—No soy un terrorista —me dijo—. Al menos no en el sentido convencional. Trato de ser un mentalista: me concentro para que se caiga el avión.

—¿No le parece mejor aterrizar? —pregunté.

Sonrió.

—Perdone, amigo, pero hace dos años que tomo aviones esperando que se caigan. Quiero morir de este modo.

—¿Por qué no se mata directamente? —pregunté algo ofuscado.

—No tengo valor —me dijo—. Pero estoy convencido de que en cada avión que cae, una o más personas desean con tesón el siniestro. Quién sabe cuánto tiempo lleva ejercitarse para finalmente derribar una máquina con nuestro solo deseo. Aún no he encontrado compañeros.

Miré hacia el resto del pasaje en busca de un asiento libre al cual mudarme. Todos estaban ocupados. Paula encontró mi mirada y me devolvió una mueca de resignación.

—¿Y no piensa en el resto de los pasajeros?

—Me desconcentraría —dijo sin cinismo.

Llegó la azafata con unos canapés y bebidas.

Mi compañero rechazó ambas ofertas. Yo pedí un Bloody Mary; tenía la boca seca.

—Tengo un odre de vino fresco en el equipaje de mano —me dijo dando un golpe en el compartimento—. Para beber cuando den la orden de ponerse en posición de impacto.

Remedó con una sonrisa sarcástica la inútil contorsión que proponen las viñetas de las cartillas de seguridad.

En esto le di la razón: ¿para qué tomarse la nuca y poner la cara entre las piernas cuando uno está cayendo desde más de diez mil pies de altura? Sólo le agrega ridículo a la tragedia.

—¿Y por qué quiere morir? —pregunté jurándome que no haría más preguntas.

—Soy arquitecto —me dijo—. Tengo un socio al que siempre le doy dinero de más. Siempre. O porque me equivoco, o porque le temo; o directamente me dejo estafar. Los proyectos son todos míos: yo hago las ventas. Pero siempre le doy a él la mejor parte. No me soporto más. Me quiero morir.

Por supuesto, tenía una parva de preguntas más; pero me había jurado no formularlas y por una vez cumplí. Soy un escritor y estoy obligado a saber; pero cuando se está tan cerca del cielo, más vale cumplir los juramentos.

Poco antes del descenso, nuestro amigo se concentró nuevamente. Para no mirarlo, eché un vistazo hacia atrás, hacia Paula, y le hice un guiño procaz. Como si no hubiera hecho ya suficiente, mi compañero de asiento vomitó en la bolsa respectiva. Cerré los ojos y me pregunté cuál era el modo de evitar un olor.

Cuando pisamos tierra agradecí a Dios y maldije a aquel enviado de Satán. Todo el aeropuerto de Cancún era una vergonzosa concesión a la modernidad; pero el calor eterno, que apabullaba y parecía una segunda muda de ropa, recordaba las tragedias de Tenochtitlán. Busqué a Paula y me dije que el sexo sería el modo de agradecerle a la providencia. El taxi hasta la playa costaba diez dólares. Con voz firme, le ordené al chofer que condujera a una velocidad moderada.

La puerta intermedia

Estábamos sentados en el hall de un hotel barato y decente de La Habana. Aquí no permitían entrar a las prostitutas. Afuera, mujeres de belleza desmesurada aceptaban diez o veinte dólares a cambio de cualquier favor sexual. Dentro del hotel, aún persistían las reglas de la seducción, el diálogo, la posibilidad del intento y el fracaso en la conquista. Aún no había logrado decidir qué mundo me gustaba más, pero disfrutaba de ambos.

Del hotel, me molestaba no haber podido conseguir una habitación para mí solo. El diario que nos había enviado reservó la habitación doble, para el fotógrafo y el redactor, y no hubo modo, ni dinero, para cambiarla por dos sencillas. Los conserjes cubanos se apegaban a las reglas por pereza: cambiar situaciones, por mínimas que fueran, con ese calor, era una tarea titánica.

Por suerte el cuarto era enorme y podía dividirse con una puerta. Al fotógrafo le quedaba el sector del baño, pero yo estaba feliz de poder preservar cierta intimidad.

El único sentimiento que puede ameritar una convivencia es el amor: porque en el sexo podemos expresar todo el odio que nos produce el compartir nuestra intimidad con otro.

Aunque feliz por haber convertido en dos un cuarto, pasar al baño de noche me obligaba a ver al fotógrafo dormido, destapado y en calzoncillos. Y el espectáculo me disgustaba. Me ha disgustado compartir vestuarios desde mi infancia. No me gusta que me vean desnudo ni ver desnudos a otros hombres. No tengo ningún problema físico ni psicológico en particular, simplemente me desagrada. Por eso, desde que dejé de ser un niño, sólo quiero compartir habitaciones con las mujeres con las que me acuesto y estar desnudo sólo frente a mujeres desnudas.

Nos hallábamos en el bar del hotel, tomando un café que debía ser bueno y buscando algún resquicio de calidad en la árida escasez cubana. Noté que una de las mujeres de nuestra mesa miraba una y otra vez el único teléfono público del hotel.

Éramos cinco: el fotógrafo, yo, dos fotógrafos de otro diario y esta mujer a la que aún desconocía. Los cuatro periodistas estábamos cubriendo el funeral de los restos del Che Guevara. La mujer no sé qué hacía.

Era fea. Definitiva pero no abrumadoramente gorda. Tenía el pelo pajizo entre rubio y castaño; y las fosas nasales anchas. En su inquietud, se le dilataban aun más. (Me extrañó, porque siempre pensé que sólo a los personajes femeninos de Flaubert podía descubrírseles la inquietud por el diámetro variable de sus fosas nasales.)

Finalmente, se levantó decidida y se rindió al teléfono. La vi sacar la tarjeta telefónica, que en Cuba semejaba un adminículo divino, insertarla vacilando y marcar los números espaciadamente.

—¿Quién es? —le pregunté al fotógrafo de mi izquierda.

—La esposa de Fabrizio Corales —me contestó—. El redactor de la revista *Travesías*.

—¿Corales está casado? —pregunté con asombro.

Había sido compañero de Corales en el efímero diario *Arrabal*. Escribía en la sección espectáculos. Era un hombre de un afeminamiento extraño.

Su feminidad no era femenina. Tenía los tics propios de los pederastas más delicados, pero en ningún caso se parecían a los gestos de las mujeres.

Todos lo suponíamos homosexual, pero nadie le había conocido una aventura. Era alto, achaparrado, siempre vestía de negro. Padecía la apariencia de un junco quemado. Unos pocos pelos no llegaban a disimular una extensa calva, que parecía consecuencia de su debilidad intrínseca. Era chismoso y no se cuidaba de causar daño: una comadrona de sexo masculino.

—¿Pero Corales no es homosexual?

La mujer regresó del teléfono y nadie pudo contestarme. Dejó la tarjeta telefónica, seguramente agotada, junto a mi taza de café; y se mantuvo en silencio.

Creo que fui el único que notó que le temblaban los labios. O quizá fuera una vanidad de escritor, que se cree muy observador, y en realidad todos se habían dado cuenta de que le pasaba algo.

157

Los fotógrafos en el extranjero son más lentos que el resto de las personas. Están obligados a cargar todo el día sus máquinas y otros pesados objetos adicionales. El peso extra imprime una lentitud especial a todo su comportamiento. Cuando se sientan, descansan. Yo, en cambio, estaba ansioso por conocer la historia de esta mujer y su marido. Conocer la verdad consume energías.

La mujer apoyó las dos manos en la mesa, se levantó con esfuerzo y partió, dejando su tarjeta agotada junto a mi taza de café.

—Chau, Silvina —le dijo el fotógrafo de mi derecha.

—Bueno, contáme —le dije al que la había saludado.

—Se llama Silvina Salvo —me dijo sacando un rollo rebobinado de una de sus dos máquinas—. Conoció a Corales en *Travesías*. Se hicieron amigos.

—Nunca le conocí un amigo a Corales —interrumpí.

—Yo tampoco —me dijo el fotógrafo, y escribió una palabra en un orillo del rollo—. Trabajé dos años en *Travesías*. Hice muchas notas con Corales. Y nunca le conocí amigo ni amiga.

—¿Pero se hizo amigo de Silvina? —lo insté a continuar.

—Silvina era de administración. La única chica fea de la revista. La tenían detrás de una ventana, oculta, para que se encargara de la plata. No sé cómo, se hicieron amigos. Empezaron a salir juntos, se apoyaban el uno al otro. Y no parecía una amistad entre dos mujeres.

—¿Pero Corales era homosexual?

—Era —dijo el fotógrafo—. Sin lugar a dudas.

—¿Ustedes le conocieron alguna pareja en la revista?

—Pareja, no. Pero se acostaba con hombres, seguro. En una nota que hicimos juntos en Brasil, personalmente lo vi irse a la playa con dos muchachos.

—¿Y por qué decís que «era» homosexual?

—Se casó con Silvina a principios de año —respondió el fotógrafo.

Estábamos en octubre.

—¿Por qué? —pregunté.

—Para protegerse, cuidarse, hasta que la muerte los separe —dijo el fotógrafo.

Cargó otro rollo en la cámara y lo probó sacándome la primera con flash.

—Fotos, no —dije—. Increíble —seguí—. ¿Qué necesidad tenían de casarse?

—Para él, debe haber significado la decisión de abandonar la homosexualidad.

—O de ingresar en la bisexualidad —dije.

—No —me reprobó el fotógrafo—. Para eso no te casás. Corales era un homosexual convencional, de los que se ocultan. Y también decidió ser un marido convencional, pienso yo, por eso se casó.

—¿Tendrán sexo? —pregunté.

—Sospecho que sí —dijo el fotógrafo.

—Qué historia más rara —dije—. ¿Él cambió?

—Por lo que pude ver, no. Sigue igual de afeminado. Es una pareja que llama la atención. Pero desde que se casó con ella, dicen sus compañeros, ha dejado de ser chismoso y no es dañino. Y en los

mismos corrillos donde se aseguraba que se acostaba con hombres, ahora se afirma que abandonó el
hábito.

—No es un hábito —dije.

—También lo es acostarse con mujeres —respondió el fotógrafo.

—Bueno, ¿y qué le pasa a Silvina? —pregunté
finalmente.

—Éste es el primer viaje que hacen juntos desde que se casaron —me dijo el fotógrafo—. Lo man-
daron a hacer notas de color; y ella lo acompaña.

—¿Vinieron juntos? —pregunté—. ¿Dónde
está él?

—La revista lo mandó de urgencia a México a
buscar al tipo que entrenó al Che. Le reservaron el
último asiento en el avión de Mexicana; y una pieza en el hotel Viena de México D.F.

—Sabés todo —dije.

—Es una historia interesante —me dijo el fotógrafo.

—¿Y por qué Silvina espera acá?

—La estadía en México puede durar entre tres
y cuatro días; y además de que es un trabajo a sol y
sombra, no tienen dinero para pagarle a ella un pasaje y una habitación. Compartían la de este hotel,
que pagaba la revista. Allá, Corales tiene que compartir la habitación con el Pato Pesce.

—¿¡Pesce!? —exclamé—. ¡Uh!

—Sí, un bufarrón —asintió el fotógrafo.

—Se acostaba con... —y dije el nombre de un
conocido actor.

—Correcto —dijo el fotógrafo.

—Y Silvina está inquieta —dije.

—Por lo que se ve, muy mal —asintió.

Y agregó con una sonrisa torcida:

—Espero que les hayan dado una habitación con dos camas.

—O un cuarto con una puerta intermedia —dije sin pensar.

De allí provienen
todas vuestras desdichas

—Mi padre siempre me contaba anécdotas de ustedes —me dijo el marciano—. Historias, leyendas.

—¿Verdaderas? —le pregunté.

—¿Hay por aquí un lugar llamado Florida? —repreguntó el marciano sin contestarme. Acaso como si también él ignorara cuánto había de cierto en los cuentos de su padre.

—¿Aquí, en la Argentina? Sí, un barrio del Gran Buenos Aires. Pero si tu padre te lo contaba en Marte, podía referirse a alguna otra Florida de la Tierra. Hay más de un sitio llamado Florida en este mundo.

—Qué raro —dijo el marciano—. Como sea, mi padre me contó que en este sitio terrestre, Florida, los hombres se casaban con mujeres que los padres les habían elegido.

Todos nacían con una esposa destinada. Por arreglos entre familias, se le asignaba a cada niña de un año, como esposo, el primer varón que naciera. Se dividían en grupos de cinco o seis familias que organizaban entre ellas los matrimonios. Las relaciones sexuales eran únicamente reproductivas, y estaban pensadas, incluso en sus fallas, para que el sistema jamás se alterara. El máximo contratiempo podía ser una desusada diferencia de edad.

Las mujeres normalmente les llevaban un año a sus maridos, y mi padre creía que debía haber algunas parejas felices y otras no, no lo podía asegurar.

Aunque en este punto del relato comenzaba a sospechar que la felicidad no les interesaba.

«La felicidad no les interesaba», decía mi padre. «Hasta que ocurrió.»

Los matrimonios se consumaban cuando la mujer cumplía quince años. Por el año que le llevaba al marido, y porque las mujeres son siempre más adultas que los hombres, recaía sobre ellas el peso de la iniciación, y del destino en general. Esto las hacía duras y reconcentradas.

Anahí tenía trece años cuando Reno se enamoró de ella. Anahí estaba destinada a un mocetón de doce años llamado Tébere, enorme, flojo y algo bobalicón.

A Reno le había tocado en suerte Yanina: una señorita espigada y de formas redondas, con el carácter de un carcelero.

Para la gente de Florida, Anahí había nacido mal. Su madre estaba en un barco cuando ella quiso salir al mundo, y era un secreto vox pópuli que la presencia de extraños en el parto había alterado su formación. Anahí era lo que ustedes hoy llamarían afeminada. Le gustaba arreglarse el cabello y comía poco.

Reno era como los demás hombres: discreto y a la espera de ser guiado.

Aquí comienza la historia, y este origen, como todos, es misterioso. Reno, como dije, se enamoró de Anahí.

La vio una mañana juntando flores, con el pelo suelto y arreglado, y quiso que su destino fuese otro.

En fin, dejó de comer, no dormía, lloraba. Una suma de actitudes que, para los habitantes de Florida, les estaban reservadas a los seres que habían nacido en presencia de extraños o cuyas madres se habían accidentado durante el embarazo.

El nacimiento de Reno no estaba inscripto en ninguna de estas dos circunstancias.

Corrió un rumor por Florida: Reno deseaba hacer con Anahí lo que le estaba destinado hacer con Yanina.

Imposible.

Reno era un año mayor que Anahí.

Cuando encontraron a Reno y Anahí revolcándose en el pajonal de un establo, decidieron recluirlos por separado.

Reno logró evadir la guardia de sus padres pero no la de los padres de Anahí. Le clavaron un tridente en la pierna.

Lo regresaron a su casa herido y debió guardar reposo.

La infección casi le quita la pierna. Pero cuando el dolor se lo permitió, aprovechando que sus padres lo creían convaleciente, huyó y fue por Anahí.

Esta vez llegó hasta la habitación y la madre de la muchacha le partió una botella en la nuca. Reno fue llevado hasta su casa y despertó tres días después repitiendo sediento el nombre: «Anahí».

Al día siguiente, luego de una dura lucha a puñetazos con su propio padre, amenazó con una pistola al padre de Anahí y pidió ser llevado a la habitación de la muchacha. El hombre, a punta de pistola, lo llevó. Pero ella no estaba allí. Desesperado, le dijo al hombre que lo llevara hasta la muchacha o lo mataría.

—Mátame —le dijo el padre de Anahí—. Y luego a mi esposa. Pero no te diremos dónde está ella. Hay cosas que no se pueden cambiar.

Además de decirle la verdad, lo estaba distrayendo. Por segunda vez la madre de Anahí le hirió la nuca, en esa ocasión con un candelabro de cobre.

Cuando Reno despertó, estaba frente al altar. Esposado y junto a Yanina. El juez le estaba informando que si no aceptaba a la mujer en sagrado matrimonio, sería ahorcado a la salida del recinto. Sus padres y la totalidad del pueblo estaban de acuerdo con el veredicto. Anahí permanecía escondida en algún sitio, custodiada por su padre.

—¿Qué respondes? —lo instó el juez.

—No me casaré con otra mujer que no sea Anahí —respondió el muchacho, haciendo sonar las cadenas de sus esposas.

El juez hizo un gesto al sheriff con la cabeza, y cuando el sheriff ya se lo llevaba como a un cordero rabioso, entró el padre de Anahí.

Un murmullo resonó en la sala.

Corrió hasta el estrado sin mirar a nadie y le habló al oído al juez.

—Llévenselo —dijo el juez luego de escuchar al padre de Anahí—. Pero la sentencia se suspende hasta mañana.

El revolcón de Reno y Anahí había derivado en embarazo. Nunca en el pueblo alguien se había casado con una mujer que no le correspondiera, pero jamás una mujer embarazada había vivido con otro hombre que no fuese el padre biológico de su hijo. No podían deshacer con la sentencia de muerte una familia formada de facto.

Los casaron.

Yanina se alegró de no tener que casarse con ese muermo y fue la primera mujer soltera de Florida, a la espera de que el juez decidiera su destino.

¿Qué decir de Reno y Anahí? El primer matrimonio por amor de Florida. Ellos sí eran felices. Con el correr de los días, los floridenses olvidaron el origen de la pareja, olvidaron que alguna vez las leyes se habían transgredido y los trataron como a los demás.

Sólo persistió la envidia. Los hombres, todos los hombres de Florida, notaban en Anahí un brillo hasta entonces para ellos desconocido. Era más suave que sus mujeres. Y con ella los placeres del sexo reproductivo y del cariño, imaginaban, debían ser superiores.

A los dos meses de embarazo, Anahí estaba encendida como todas las mujeres grávidas, y la envidia por la felicidad del matrimonio no servía a ninguno de los floridenses de argumento para marginarlos.

Eran personas severas pero justas.

Reno había declarado en la casa de té: «No conozco el resto del universo, ni siquiera de la Tierra. Pero sé que soy la más feliz de las criaturas vivientes».

Entonces llegaron las venusinas.

Lo que ellas dijeron fue que habían sobrevivido a la guerra en su planeta. Que los machos se habían matado entre sí y las habían salvaguardado enviándolas en una nave al espacio. El combustible se les acabó cuando estaban llegando a la Tierra y aterrizaron en Florida.

Las recibieron con hospitalidad y les permitieron vivir en su nave, en la zona despoblada del campo.

Carentes de alimentos y de medios de sustento, se les permitió trabajar. En su mayoría, como domésticas.

Las venusinas eran iguales a las humanas, pero más bellas. Más suaves; su piel olía mejor. Por charlas masculinas se descubrió que los otrora severos floridenses no habían logrado superar la seducción interplanetaria.

Se supo que las venusinas tenían la piel blanquísima y las nalgas bronceadas.

Luego alguien comentó que sus senos eran duros. Alguien más agregó que sus bocas olían bien a toda hora. A poco, descubrieron que cada uno de los floridenses tenía una amante venusina. Todos menos Reno; aunque también en su casa trabajaba una venusina, acompañando a Anahí en su tercer mes de embarazo.

El juez, perdido en una venusina de labios carnosos, otorgó el permiso de bigamia sólo en caso de adquirir una cónyuge venusina.

Las uniones entre humanos y venusinas no daban hijos. Y aunque los órganos venusinos y humanos eran iguales, no lo eran las prácticas sexuales.

Las mujeres floridenses, que nunca habían amado a sus maridos, no sufrieron el cambio. Las venusinas fueron entonces los objetos del sexo puro y los paseos por el pueblo, y las mujeres floridenses se conformaron gozosamente con su función reproductiva, el placer que extraían de esta función, las charlas entre ellas y la crianza de los hijos.

Las sonrisas que paseaban los floridenses, del brazo de sus venusinas por el pueblo, comenzaron a ser cada vez más parecidas a las de Anahí y Reno.

Era evidente, cuando se cruzaban un floridense con su venusina y Reno y Anahí que, por muy embarazada que estuviese Anahí, no era más bella que las venusinas. Tampoco, y esto los floridenses lo sabían, saludando con sus sombreros a la pareja, tampoco, aunque sonara crudo, el embarazo de Anahí podía hacer más feliz a Reno en la intimidad que las venusinas al resto de los floridenses.

Y la sonrisa de Reno, el único hombre de Florida que amaba a su primera esposa, que lo había dado todo por ella y luego de estar a un paso de la muerte la había conseguido, esa sonrisa, comenzó a opacarse.

Yanina, a quien como desagravio se le permitió conocer mundo y hacer su vida a voluntad, había ido y venido de Florida, y en manos de un cirujano plástico del otro lado del mar se transformó en una venusina más. También aprendió, como éstas, los secretos prohibidos del amor. Y su carácter de carcelera, que antaño la había vuelto hosca y árida, aportaba, en su nueva personalidad sexual, un toque de atractiva brutalidad.

Al cuarto mes de embarazo de Anahí, Reno huyó con Yanina.

—«Así son los humanos», me decía mi padre —dijo el marciano.

—¿Qué pasó con Anahí? —le pregunté.

—Todo Florida censuró la actitud de Reno. Luego de que nació el niño, Anahí, con la cabeza perdida, comenzó a mantener relaciones incestuosas con su padre. Los floridenses quemaron la casa con la familia adentro. Sólo se salvó la doméstica venusina.

—La búsqueda de la felicidad —dijo pensativo el marciano—. De allí provienen todas vuestras desdichas.

En la isla

Había pensado muchas veces en qué hacer si aparecía otro hombre en la isla.

Desde el naufragio, hacía ya dos años, no habían encontrado más señales de vida que las de ellos mismos. Remigio y Adriana, marido y mujer al momento en que el barco se hundió, habían logrado sobrevivir contra las intemperancias naturales de la isla y sin el cobijo de la comunidad humana. Solos en la isla desierta, hacían su vida.

Les había bastado una profunda cavidad en una masa de piedra, que contenía el agua de lluvia; la inagotable cantidad de frutos, entre ellos cocos, repletos de líquido, y un perdido rebaño de cabras que supieron cuidar.

El techo de la choza presentaba algunas dificultades: las únicas ramas halladas que impedían el paso del agua se pudrían luego de cinco o seis lluvias. Si bien no chorreaban, heroicamente impermeables, soltaban un desagradable olor a humedad que enturbiaba el aire de la cabaña. Las ramas crecían en un islote al que se llegaba atravesando en balsa el brazo de mar que lo separaba de la isla.

El elemento humano, sin embargo, se limitaba a ellos dos. Ni una huella, ni un vestigio, ni un sonido, ni un olor de otra persona. Tampoco habían divisado barcos en las cercanías o contra el horizonte. Estaban solos, tan solos como un hombre y una mujer unidos en matrimonio pueden estarlo el uno con el otro.

La vida lejos de la sociedad había desatado en ellos fantasías, y en la intimidad imaginaban qué hubiese ocurrido de haber estado habitada la isla por una tribu de hombres y mujeres semidesnudos, cobrizos, de generosas costumbres sexuales, algo infantiles y amigables con los extraños. Pero, precisamente, sus fantasías se basaban en gente que no existía. Remigio había pensado, mucho menos alegremente, en la posibilidad real de que un tercero apareciera en la isla. Cuando viajaba solo al islote —la travesía le llevaba dos horas y media o tres— construía con tenacidad de inventor, en su magín, la situación remota pero temida.

No lo preocupaba si se trataba de una mujer. Si una nueva mujer aparecía en la isla, pues, ignoraba cuál sería su actitud. Mayormente sería problema de Adriana. ¿Qué hacer con una nueva huésped en el desierto? Lo ignoraba.

La posibilidad, en cambio, de que los aparecidos fueran un hombre y una mujer, intranquilizaba a Remigio. No lograba concertar qué tipo de convivencia establecerían con la nueva pareja, y se le hacía muy claro su principal temor: que el hombre pusiera sus ojos en Adriana.

Cuatro personas en una isla desierta es demasiada y muy poca gente. Con una pareja en frente, podían permitirse el aburrimiento. El continuo agradecimiento a Dios por haberles permitido tenerse el uno al otro —aunque no habían tenido hijos— en aquella isla desierta, podía transformarse en una súplica al diablo para que les permitiera probar algo nuevo.

¿Y si el hombre de la otra pareja dejaba preñada una y otra vez a su mujer, y Adriana le pedía a Remigio que le permitiera intentarlo? ¿Y si Adriana, lejos de las leyes de los hombres, sugería a Remigio, por puro placer y curiosidad, la reunión prohibida con los otros? Remigio no tenía dudas de que ése sería su propio deseo, pero no soportaría escucharlo sugerido por su esposa.

De modo que la aparición de otra pareja lo desconcertaba.

La aparición de un solo hombre, finalmente, le merecía ya una reflexión breve y una decisión firme: lo mataría.

Si a las costas de la isla el mar traía un hombre solo, Remigio lo mataría arrojándole una roca a la cabeza. No tenía dudas al respecto.

Lo había meditado detenidamente en uno y otro viaje al islote, y arribado a la conclusión, en una y otra orilla. El hombre no podría dejar de poner sus ojos en Adriana. Definitivamente, era imposible. ¿Qué podría hacer un hombre solo en la isla junto a ellos, si no intentar, con el tiempo, arrebatarle su lugar, e incluso intentar matarlo? Lo justo era matarlo sin darle posibilidad siquiera de hablar. Como si se tratara de una bestia salvaje que pusiera en peligro sus vidas.

Sabía que Adriana estaría mudamente de acuerdo.

No habría testigos ni jueces. Y Dios comprendería.

Cuando regresaba del islote amarraba la balsa en un árbol y debía atravesar unos dos kilómetros hasta llegar a la choza. En el camino, cruzaba por el estanque de agua de lluvia y subía y bajaba un pequeño acantilado, donde encontraba grandes pedazos de roca. Cualquiera de esas piedras, pensaba cuando pasaba junto a ellas, podía servir para la tarea.

Bastaría con atar fuertemente una de ellas a un palo, y acercarse al hombre con el hacha entre las manos, tras la espalda. O simplemente aguardar a que durmiera, puesto que arribaría a la isla tan agotado como ellos en su llegada, y dormiría el dichoso sueño del náufrago que ha hallado tierra. Entonces, con piedad, Remigio dejaría caer la más grande de las rocas sobre la cabeza del durmiente. Moriría sin saberlo. Seguiría soñando eternamente, feliz de haber hallado tierra.

Parado en el acantilado, desde donde se veía la choza, Remigio comenzaba a reencontrarse con su realidad, con su esposa. Deshacía las escenas de humo que había fraguado en su mente, y recobraba el humo real, el de la hoguera de Adriana esperándolo con alguna sabrosa comida, que se veía desde allí. Mirar a Adriana y a la choza desde el acantilado, cuando aún faltaba una buena caminata, lo reconciliaba con su destino y alejaba los temores.

Pero esa mañana, al llegar al acantilado, cargado de ramas nuevas, vio pasar justo debajo de él un

hombre blanco: se dirigía sin dudar hacia la hoguera que humeaba junto a la choza.

Remigio tomó entre sus manos la roca que tantas veces había evaluado, y que lo aguardaba quieta
día tras día. Pesada como para matar a un hombre
al impactar en su cabeza, no tan pesada como para
no poder alzarla y dejarla caer con efectiva punte-
ría. La altura del acantilado era perfecta; la posición, inmejorable, y la cabeza del hombre pasó por
el preciso punto sobre el cual caería la roca en línea
recta. Bastaba con soltarla para hacer del intruso un
cadáver y alejar, paradójicamente, el fantasma. Pero Remigio no la soltó. No pudo soltarla.

«Lo mataré mientras duerma», se dijo. Y sabía
que lo haría.

Se disculpó diciéndose que no era fácil matar
y que sin duda sería más sencillo teniendo a su dis-
posición el cuerpo del hombre dormido. No tan
inquieto por su indecisión, le siguió el rastro cau-
telosamente.

Para llegar a la choza, se extendía un prolijo camino de arena, en parte natural y, en las cercanías,
adornado por Remigio y Adriana con rocas a los
costados. Junto al camino natural y al construido, se
alzaba una exuberante vegetación. Un tinglado verde
de árboles y plantas gruesas y sudorosas, que subía como un telón inextricable hasta pocos metros del mar.

Remigio caminó por entre ese laberinto, rodeado por ruidos desconocidos y picado por todo tipo
de insectos, persiguiendo oculto al hombre.

El sujeto no parecía agotado, marchaba completamente desnudo y con cierta tranquilidad. Aunque

fieramente quemado por el sol, no cabían dudas de que se trataba de un hombre blanco. Llevaba barba de días y el pelo largo y sucio.

Un estremecimiento recorrió a Remigio y se encontró orinando involuntariamente contra el tronco delgado de un árbol: el hombre estaba a pasos de la cabaña. Ahora sólo bastaba recibirlo como un huésped, permitirle dormir y matarlo.

Lo que vio, sin embargo, modificó para siempre sus expectativas: Adriana salió a recibirlo, echó dos vistazos furtivos a uno y otro lado, le hizo una caricia obscena, lo llamó por su nombre; lo besó larga y dulcemente.

El suegro y el yerno

Durante años, Juan había estado enamorado de María. Con la férrea oposición de don Zenón, el padre de María, el romance prosperó. María no pasaba un minuto sola: o estaba con su padre, o estaba con Juan.

Don Zenón no lo quería a Juan de yerno: por la precaria situación económica del muchacho y porque, siendo viudo, no quería pasar el resto de su vida sin una mujer al lado. No tenía la seguridad de que, si dejaba a su hija abandonar el hogar, alguna vez conseguiría otra compañía femenina.

Juan y María se entregaban al ardiente solaz de lo prohibido en los sitios más solitarios de Junín, que es de por sí un lugar solitario.

Quiso el cuervo de la desgracia que don Zenón buscara un lugar igualmente desolado para autocomplacerse. Le gustaba masturbarse frente al páramo, rodeado por caranchos o teros, soltando a los gritos obscenidades que asustaban a los pájaros. Y tuvo que encontrarse con su hija y su malquerido amante. En don Zenón se conjugaron el odio y la vergüenza. Ciego de rabia, sacó el rebenque que colgaba de su cintura y, sin guardar siquiera sus partes pudendas, comenzó a atizar a su hija y a Juan con menos precisión que furia. A Juan le alcanzaba la espalda; y a su hija, el rostro. Cuando vio que había dañado un ojo de María, se detuvo azorado.

—¿Qué hice? —gritó, lleno de pavor por sí mismo.

Los tres quedaron en silencio. Zenón se cubrió finalmente. Los dos jóvenes permanecían desnudos.

Gritó un tero y don Zenón dijo:

—Obré como un animal. Sigo pensando que vuestro amor es un desatino. Pero mi actuación me obliga a retractarme. Me he comportado tan mal que me doy por derrotado. Pueden casarse. Incluso les pagaré la luna de miel.

Aun en el medio del olvidado Junín, los miles de cabezas de vacas y de chanchos que poseía Zenón lo hacían un hombre rico.

Les regaló una estadía en una cabaña, también perdida en un páramo, en el Sur, entre las montañas blancas de Tehuel-Tehuel.

Llegaron en avión hasta los bordes de la cordillera. Los esperaba un chofer. Los llevó hasta las cuencas de un lago (una lengua azul majestuosa en un tazón de montañas nevadas), que en invierno, les dijo, se congelaba. Desde allí, un vapor que parecía avanzar a medida que quemaba hielo los dejó en la cabaña. Era una construcción de madera recién cortada. Olía a árboles jóvenes. Los amantes se dejaron caer uno en brazos del otro, y ni siquiera escucharon despedirse al barquero. En la cabaña lo tenían todo: alimento, alcohol y cigarrillos. Garrafas de gas y un sistema electrógeno. Televisión y un teléfono celular.

De haber sido normalmente bello, el paisaje habría sido un tercero en discordia. Un escollo en la intimidad de la pareja. Algo más que admirar y no sólo sus cuerpos. Pero era tan sereno, tan blanco y vacío, que los dejaba solos en la inmensidad.

Antes de darse el uno al otro, salieron. Corrieron por la nieve. Un médano blanco, tan espumoso que parecía tibio, invitaba a treparlo. A esquiarlo con los pies. Ambos subieron. Se dejaron caer desde arriba. María se deslizó riendo. Juan la siguió. Cuando tocó el suelo, sintió una molestia en la muñeca. Sin dejar de reír, se miró. Era un grillete.

De entre el médano de nieve, vestido con un extraño traje de amianto y una escafandra de buzo, con su respectivo tubo de oxígeno, salió don Zenón.

Se sacó la escafandra, tomó aire como quien bebe agua y habló:

—Detrás de la nieve hay una roca de mármol, es la mitad del médano. Estás engrillado a esa roca. No hay por aquí elemento alguno que pueda servirte para romper la cadena o el grillete. No hay modo de que te sueltes. Pero no me hagas caso, inténtalo todas las veces que quieras. María, vendré una vez por mes a buscarte. Con el mismo barquero que los trajo. No hay otro modo de salir de aquí que no sea ese barco. El barquero, claro, es mi aliado incondicional. En la cabaña tienes alimento para resistir y esperar cada una de las oportunidades que te daré para que regreses. Ah, sería lógico que vinieras conmigo e intentaras pedir ayuda para luego regresar a rescatar a Juan. Pero ten en cuenta que si poseo la audacia como para dejar engrillado a este despojo de hombre, no seré menos eficaz en impedir que huyas de casa o busques cualquier tipo de ayuda para él. Podrás intentarlo muchas veces, pero no soy tan torpe como para no poder mantenerte quieta por lo menos hasta que este zapallo muera de inanición. De modo que piénsalo bien. Adiós.

Don Zenón, algo entorpecido por su extraño traje, se retiró. Dio unos pasos de pingüino sofisticado, se detuvo, giró hacia su hija, que de tan desconcertada no podía llorar, y dijo:

—Ah, perdón por los rebencazos.

Luego Juan y María cerraron los ojos y oyeron el rumor del barco atravesando el hielo al alejarse.

Los primeros dos días María no tuvo dudas. No pudieron hacer el amor porque el frío se lo impedía. Pero la ternura con que ella le alcanzó la comida y le juró fidelidad y lealtad, y morir juntos, fue una experiencia no menos intensa.

La primera evidencia de resquebrajamiento fue cuando María debió ocuparse de los aspectos menos gratos de la higiene de Juan. Juan lloró de vergüenza. Morir juntos era fácil en aquella lontananza; pero vivir era un problema mayúsculo, quizás irresoluble.

Pasaron dos meses. María ni siquiera se acercaba al lago. El ruido del barco, si es que venía, no les llegaba. Un día, María habló durante media hora por el teléfono celular, que no funcionaba: don

179

Zenón les había dejado un armazón vacío. Le habló a una amiga. Cuando descubrió la insanía de su acto, tiró el teléfono, lo levantó y lo tiró nuevamente contra el piso de madera, partiéndolo en dos. Enterró cada parte por separado en la nieve. Luego, a la intemperie, se quedó mirando el vacío y no a Juan.

Esa noche, como todas las noches, María besó a Juan, la nieve ya lo había dormido.

Al día siguiente él lo supo cuando abrió los ojos. María no estaba. Toda la comida de la cabaña estaba frente a él, al alcance de su mano libre. Frazadas y libros de autoayuda formaban otro montón. El televisor abandonado a mitad de camino con un cable colgando como una culebra, revelaba el esfuerzo de haber intentado acercarlo de algún modo hasta él. La garrafa, con una hornalla de corona, ésta sí junto a Juan, dejaba escapar una llama que se había ido debilitando desde que María la encendiera (no podía saberse a qué hora). Juan pensó con cuál de todas esas cosas podría matarse. Pero ya María lo había pensado y no había hallado ninguna.

—De todos modos moriré —se dijo Juan.

En la residencia de don Zenón, aun en el medio del campo, en un sector de Junín, se respiraba quietud y alborozo. Don Zenón dormía cálido bajo sus mantas peludas de piel de oveja, que tanta gracia le daban cuando frotaba sus partes, y María dormía en la habitación de abajo. También cálida y sonriente.

Había pasado un año y medio desde aquella trunca luna de miel. María ya no amaba a Juan. Su padre le había presentado a un conde francés que estaba de visita en Junín, y el noble la había deslumbrado con su sapiencia sexual. Con los meses, con el año, había terminado por creer que su padre la había salvado de una existencia gris y desdichada. El conde, de sesenta y dos años, deseaba a la niña por el resto de su vida. Galopándola en el medio del campo, le había dicho:

—Te quiero así para siempre, mi pequeña María.

De modo que Zenón y su hija dormían dichosos a la espera de la boda, que se celebraría dos días más tarde. El conde entregaría una dote que compensaría holgadamente la desdicha de don Zenón.

Una mano huesuda golpeó la puerta. No golpeó para que le abrieran sino para abrirla. El golpe fue dado sobre el picaporte y el picaporte cayó. Con manija y con llave. La puerta se abrió. Dos perros ladraron y corrieron hacia la puerta. Uno rodó gimiendo con el gañote abierto y el otro se alejó con el llanto del miedo. María no escuchó los pasos, pero cuando abrió los ojos vio un espectro: era la cabeza de Juan sobre un palo de escoba. Fue lo último que vio en su vida.

Juan se había administrado a sí mismo la comida en cuotas insoportablemente ínfimas. Había estado al borde de la muerte por inanición. Había conseguido convertirse en un espectro: un esqueleto con una transparente capa de piel. Entonces, con un leve tirón, había liberado su brazo del grillete. A decir verdad, la mano se había gangrenado; y en

cuanto tiró, la mano y el grillete cayeron a la par.
Estaba libre. La herida cicatrizó con una velocidad
inusitada: el frío y lo magro de la carne contribuye-
ron. A despecho de las bravuconadas de don Zenón,
armó una balsa con algo de la madera de la casa y
otros materiales, y atravesó como pudo el lago. No
puso prótesis en su muñón: afiló el hueso saliente
hasta dejarlo como una lanza.

En la autopsia forense, el médico se preguntó
cómo había hecho don Zenón para tragarse entero el rebenque. Desconocía el poder de la porfía
humana.

Una decisión al respecto

Hubo una época en la que yo inventaba, y las cosas eran más fáciles. Cuando la gente sabe que tus historias son falsas, las disfrutan y no hacen preguntas. No hace al caso cómo se comporta el asesino ni quién tiene la razón en el relato: hombres y mujeres adhieren a los peores pensamientos con la tranquilidad de que aquello que leen no está ocurriendo en la vida.

Ah, sí, era una bella época aquella en la que yo escribía cuentos y nadie podía acusarme de nada. Pero de algo hay que vivir.

Comencé a publicar cuentos en el diario y en menos de un mes ya me estaban obligando a escribir crónicas de la vida real. Podría haberme negado, pero una vez que comienza uno a cobrar por lo que escribe, el intercambio de palabras por dinero se torna un vicio. Digo que podría haberme negado porque no saqué ningún placer de reseñar las historias de la vida diaria: cartas y más cartas comenzaron a llegar acusándome de destacar tal o cual hecho en detrimento de otro; misógino por contar historias donde las mujeres engañaban a sus maridos y afeminado por desenterrar la historia de un muchacho homosexual que le había salvado la vida a un diputado.

Hace ya un año y medio que me han echado del diario y aún no he perdido la costumbre de recoger historias de la calle. Los lectores tampoco se han olvidado de apostrofarme. La mitad de la historia que sigue se hizo conocida por los diarios, las radios y la televisión. La otra mitad la reconstruí y quizás hasta inventé algo. Si descubren en el relato alguna moraleja, envíenmela por correo: yo la desconozco.

En el barrio de Belgrano, cerca de la avenida Cabildo, vivía un adolescente de diecisiete años. Sus padres se habían separado cuando él tenía diez años; su madre trabajaba en un estudio de arquitectura. El muchacho recién terminaba la secundaria y pasaba la mayor parte del día solo en su casa. Su padre lo visitaba los fines de semana. Nuestro adolescente se llamaba Eugenio.

El padre de Eugenio había comenzado a llamar la atención de su hijo desde los diez u once años. Manuel, el padre de Eugenio, no se vestía como el resto de los padres de sus amigos, ni hablaba igual ni movía las manos del mismo modo. Tampoco tenía novia ni nueva esposa como los otros padres separados de sus amigos. A los doce años, Eugenio dio por seguro que su padre era homosexual.

Efectivamente, Manuel era homosexual. Eugenio nunca quiso confirmarlo: ni con su propio padre ni con su madre. Lo avergonzaba y le dolía, pero podía soportarlo.

Una tarde, su madre llegó temprano del estudio y le dijo a Eugenio que quería hablarle. Eugenio se asustó: su madre jamás llegaba temprano.

«Va a decirme que tiene cáncer y está por morir», se dijo Eugenio. «Voy a quedarme completamente solo.»

—Es sobre tu padre —dijo Analía.

Eugenio respiró aliviado.

—No sé cómo empezar —dijo Analía.

—Empecemos porque papá es homosexual —dijo Eugenio.

Esta vez fue Analía la que respiró aliviada, luego de un segundo de espanto y asombro. Nunca hubiese imaginado que su hijo lo sabía; de este modo sería más fácil.

—Aun así... —dijo Analía—. No sé cómo empezar...

—¿Tiene sida? —preguntó Eugenio.

—¡No! —gritó Analía.

—Bueno, no sabés cómo empezar —acordó Eugenio.

—En realidad, debería decírtelo él —dijo la madre de Eugenio.

—Pero no se anima.

—No es que no se anime. Prefiere que yo te prepare.

—Nunca se animó a nada —dijo Eugenio.

—Ahora, se va animar a mucho —replicó Analía con un dejo de ironía.

—¿Se va del país? Eso no puede ser tan grave.

—De algún modo se va —dijo Analía—. Tu papá se quiere transformar.

Eugenio palideció. Lo intuyó.

—Creo que te estás dando cuenta.

—No me animo —dijo Eugenio.

—Tu padre no soporta ser como es. No soporta ser un hombre. Eso lo sabés.

—Sí... —murmuró Eugenio.

—Tu padre...

—Me va a arruinar la vida.

—Si lo tomás así, prefiero que hablés directamente con él. Lo llamamos ahora mismo.

—Contáme —ordenó Eugenio.

Odiaba a su madre por haber comenzado a contarle semejante historia y animarse a sugerir la posibilidad de interrumpirla en la mitad.

—Manuel..., tu padre...

Analía hizo un silencio y buscó con la mirada un inexistente vaso de whisky.

—Tu padre —dijo de una vez— quiere convertirse en mujer.

Eugenio se derrumbó. Salió corriendo de la pieza y se encerró en el baño. Sollozó rigurosamente durante cerca de un cuarto de hora. Se lavó y regresó a su pieza. Su madre lo aguardaba sentada en la cama. A él le extrañó que no hubiera huido aprovechando su llanto.

—No puede hacerlo —dijo Eugenio—. Me va a arruinar la vida.

—Es su vida —dijo Analía.

—Eso es una estupidez —dijo Eugenio—. Tuvo un hijo. También es mi vida. No soy un invento.

¿Y mis amigos, mis profesores, mis novias? ¿Sabés lo que puede ser mi vida si se enteran de que mi padre se convirtió en mujer?

—No podemos vivir según lo que piensa la gente. Tienen que aceptarnos como somos.

—En este caso no se trata de cómo vivo yo, sino de cómo vive mi padre. Me va a arruinar la vida sin que yo pueda mover un dedo.

—La vida se te va a arruinar si vos querés. Podés superarlo.

—Que se vista de mujer —dijo Eugenio—. Que lo haga por las noches. Pero que no se opere.

—Se va a operar —dijo Analía—. El sábado.

Era miércoles.

—Por suerte me lo avisan con tiempo —exhaló Eugenio con una amargura ronca.

—Quiso decírnoslo con el menor tiempo posible. Tenía tomada su decisión y no quería que nos interpusiéramos ni que sufriéramos de más.

—¿Por qué lo defendés?

—Es tu padre. No quiero hablar contra él. Quiero mantener su imagen delante de ti.

Eugenio se rió.

—No... No lo puede hacer —dijo—. No lo voy a dejar.

—Vos no podés...

—Que se disfrace —dijo Eugenio—. Que se haga travesti. Pero que no se opere.

—Si te vas a poner así, mejor hablá con él.

Eugenio dejó a su madre en la pieza. Se dirigió al comedor y tomó el teléfono inalámbrico. Llamó a la casa de su padre. Lo atendió un hombre. El hombre, luego de un saludo con voz alarmada, le pasó con su padre. Su padre lo atendió con tono expectante.

—Tenemos que vernos —dijo Eugenio.

—Cuanto antes —dijo Manuel.

—Voy para tu casa —dijo Eugenio.

—Te espero —dijo Manuel.

Antes de que cortaran, en ese espacio de aire en que hemos terminado de hablar pero aún no separamos el tubo de la oreja, Eugenio gritó:

—¡Hola!

—¿Sí? —dijo Manuel.

—Decíle al que está con vos que se vaya..., por favor.

Hubo un silencio. Y luego una respuesta estudiada.

—No —dijo Manuel—. La casa es de los dos. No le puedo pedir eso.

—No lo hagas —pidió Eugenio.

Estaban sentados en el ambiente principal del pequeño departamento. El novio de Manuel estaba encerrado en la habitación de la cama matrimonial.

—Te quiero explicar lo que voy a hacer, no pedirte permiso.

—Tengo derecho a exigirte que seas mi padre —dijo Eugenio.

—Yo a vos no te exijo nada —contestó Manuel.

—Ni podrías —dijo Eugenio—. Yo no te di la vida, no soy responsable de lo que te pase. Pero vos tenés que ocuparte de mí hasta que sea mayor de edad: darme de comer, cuidarme, ocuparte de que no me pase nada...

—Hace rato que no hago nada de eso. Pero te cuido a mi manera: enseñándote a vivir libre.

—Me hicieron sufrir cuando se separaron. Me hiciste sufrir cuando me di cuenta de que eras gay. Y ahora simplemente no me vas a dejar vivir. No puedo mirar a nadie a la cara si mi papá se transforma en mujer.

—Es un problema tuyo.

Eugenio lo miró con un odio homicida.

—Hacé de cuenta que te quedás huérfano —dijo Manuel.

—Sería lo mínimo que realmente podrías hacer por mí —dijo Eugenio.

El novio de Manuel salió de la pieza. Era un hombre de unos setenta años, vestido como un rico viejo, con la zona media del rostro estirada hasta alcanzar la tersura de la piel de un niño. En el cuello y en las manos, persistía un mar de arrugas y manchas de vejez.

—¿Estás bien, Manuela? —preguntó.

Manuel lo miró en silencio y Eugenio se fue intempestivamente.

El lunes de la semana siguiente, a las diez de la mañana, la madre le comunicó a Eugenio que su padre ya se había operado. Las nuevas leyes permitían el cambio de identidad también en la documentación. Para el Estado, su padre ya era una mujer.

Algunos medios gráficos aún le dedicaban unas líneas a la noticia de estas operaciones con cambios de identidad.

Eugenio permaneció encerrado en su cuarto durante todo el día. Al día siguiente tampoco salió. El martes por la noche, su madre, Analía, entró al cuarto sin golpear. Eugenio estaba en cuatro patas y le ladró.

Analía lo miró desconcertada y luego se rió. Eugenio ladró otra vez y Analía rió aun más aliviada. A las once de la noche de ese martes, Analía estaba asustada. Eugenio insistía en caminar en cuatro patas, comer como un perro y ladrar. Su hijo estaba actuando como un perro a modo de protesta o se había psicotizado.

El miércoles Eugenio continuó comportándose como un perro.

—Aunque estés actuando —dijo Analía—, dos días de esto es locura. Si no cambiás, voy a tener que internarte.

Eugenio permaneció en silencio. Cuando su madre abrió la puerta, aprovechó para bajar. Bajó los dos pisos por escalera en cuatro patas y ganó la vereda en cuatro patas. Cuando su madre salió a la calle, lo vio olisqueando los excrementos de un perro.

Ese día por la noche, Analía decidió llamar a un psiquiatra (Eugenio había aguardado a que ella subiera para entrar al departamento).

El psiquiatra no dudó: había que internarlo.

El hospital elegido fue el Fruizzione, un neuropsiquiátrico infanto-juvenil.

Concertaron pasar a buscarlo al día siguiente a las ocho de la mañana; era imprescindible la ambulancia.

El jueves, los enfermeros lo sacaron en camilla a la calle y Eugenio mantenía posiciones de perro, jadeaba y sacaba la lengua. La madre iba detrás. En el hall de entrada los aguardaban, para asombro de todos menos Eugenio, los medios de prensa. Los canales de televisión, las radios y los diarios.

La mayoría de los periodistas coincidía en llamarlo el niño-perro. Nadie osaba hacerle preguntas: los reporteros se limitaban a transmitir el informe en monólogos personales, mientras los camarógrafos lo registraban impasibles y los fotógrafos lo acribillaban. Sin que se lo pidieran, Eugenio tomó el micrófono del canal televisivo más importante y dijo en voz alta y clara:

—Mi padre se ha convertido en mujer. Yo quiero ser un perro.

Los disparos de los flashes se redoblaron, los camarógrafos se movían como si pudieran filmar aun algo más y las preguntas de los periodistas arreciaron sin que ninguna pudiera escucharse claramente. Por toda respuesta, Eugenio ladró. Y no hizo más que ladrar mientras los enfermeros lo escondían en la ambulancia.

Una semana después concedió una nota exclusiva al principal canal de televisión. Las autoridades del hospital comenzaron por negarse, pero Eugenio los amenazó con un proceso judicial. Los médicos temían la reacción de la prensa, y cedieron.

Eugenio quemó sus documentos de identidad frente a la cámara.

—A partir de ahora, soy Dogui. No quiero ser más Eugenio. Soy un perro.

—¿Esto tiene algo que ver con la decisión de su padre de convertirse en mujer?

—No, no directamente. Pero me alentó con su ejemplo. Siempre quise ser perro, toda mi vida me sentí un perro. Un perro encerrado en el cuerpo de un hombre. Ahora soy lo que quiero ser.

—Pero es distinto querer ser una mujer que un perro.

—¿Por qué?

—Porque estamos hablando de la especie humana.

—Yo no estoy comparando la especie humana con la animal, estoy reclamando mi derecho como humano a ser lo que quiero ser. Yo sólo quiero ser un perro, no molesto a nadie. Sólo quiero que me traten como a un perro. Yo no elegí ser así. Quiero que me respeten: que me den comida de perro y me permitan tener un dueño, como todos los demás perros.

—Pero usted ahora está hablando.

—Porque necesito hablar para reclamar mis derechos: cuando me los reconozcan plenamente, solamente ladraré.

—Pero si usted habla, quiere decir que no es un perro. Los perros no hablan.

—Cuando los transexuales defienden su derecho, también reconocen su sexo original. Un hombre que quiere convertirse en mujer y no lo dejan, comienza por reconocer que es hombre para reclamar por su conversión. De lo contrario, no necesitaría reclamar nada. Ahora las leyes contemplan el cambio de sexo. En casos muy limitados, pero lo contemplan. A menudo vemos hombres en la televisión reclamando documentos y apariencia de mujer. Yo deseo ser un perro: quiero que se me acepte socialmente.

—¿No considera que es retrógado comparar a un ser humano que quiere cambiar de sexo con uno que quiere convertirse en perro?

—Usted es el que censura que yo quiera convertirme en perro, no yo el que censura que una mujer quiera convertirse en hombre o un hombre en mujer. Yo estoy siguiendo un ejemplo.

El reportaje se reprodujo en todas las portadas de los diarios, en todas las radios y todos los canales. Un enorme debate se inició. Desde los almacenes hasta las grandes corporaciones. En los barrios y en los estudios de televisión.

Desde ese último reportaje, Eugenio sólo ladraba y caminaba en cuatro patas. Orinaba como un perro y defecaba en cualquier parte. Comía como un perro, y una cocinera comenzó a tratarlo como tal. Le llevaba huesos y le acariciaba la espalda. Eugenio le lamía la mano. Los doctores decidieron que Eugenio podía permanecer en su casa.

La madre en principio se negó, pero finalmente se vio obligada a aceptarlo.

A los pocos días lo invitaron al programa de un famoso filósofo televisivo. En el contexto de ese programa, Eugenio mantendría un debate con un reconocido intelectual homosexual. El mencionado intelectual había sido uno de los más tenaces e inteligentes luchadores por el logro de la institucionalización de la transexualidad.

—Es claro que usted no quiere ser un perro sino oponerse a la transexualidad de su padre —dijo el intelectual.

—En realidad es mi padre el que se opone a que yo sea perro —dijo jocoso Eugenio—. Se enteró primero y se hizo mujer a modo de protesta. O quizá se volvió loco por el impacto. No es fácil tener un hijo perro.

—Pero usted no ignorará que su apariencia es la de un ser humano —dijo el filósofo que conducía el programa—. En el caso de su padre y de otros transexuales, con el tiempo serán mujeres completas: nadie conocerá su origen sexual.

—¿Y la verdad? —preguntó Eugenio—. ¿Vale menos que la apariencia? ¿Una operación borra el pasado? ¿Y la memoria? ¿Y los olores? Si no existe el alma, ¿para qué necesitan operarse? De no existir el alma, el cuerpo determinaría absolutamente nuestra identidad. Y si el alma existe: ¿qué se gana con operarse? El alma seguiría determinando nuestra identidad más allá de lo que hagamos con nuestro cuerpo.

»De todos modos, y en conclusión —siguió Eugenio— yo estoy de acuerdo con usted: sólo me falta conseguir un cirujano que me dé apariencia de perro. En un cuento del escritor Bioy Casares, un científico lleva almas humanas a cuerpos de perros:

quién le dice que la realidad no pueda imitarlo. Me gustaría ser un dogo.

Tres diarios reprodujeron al día siguiente la misma nota de opinión de un político ultranacionalista. Eladio Pialón era un consuetudinario homofóbico que había malgastado su único período como congresista desgañitándose contra todas las leyes que pudieran favorecerlos. También era xenófobo y subrepticiamente antisemita.

«Nuestros niños querrán convertirse en perros. En osos, en peces. ¿Por qué no? Si sus padres se convierten en mujeres. Es la Argentina degenerada. No hay ningún tipo de orden. Somos el inicio del fin del mundo.»

Un pasquín ultraizquierdista, con tendencias feministas y conducido por dos dirigentes lesbianas, replicó: «El niño perro tiene razón. Cada cual tiene derecho a elegir su identidad. Como dijo Somerset Maugham: "¿Y qué si un hombre no quiere perpetuar su especie?". No existe la libertad a medias: o todo o nada. Eugenio tiene derecho a ser un perro. Eugenio tiene derecho a que lo llamemos Dogui».

El caso adquirió un ribete dramático que excede el tono de esta crónica: dos transexuales fueron asesinados en sus hogares. En la cama de uno de ellos, sobre el cuerpo ensangrentado, se encontró una nota, escrita en una hoja rayada: «Para salvar a la Argentina de la degeneración».

Dos abogados de la comunidad homosexual y el líder de los derechos de los transexuales se dirigieron a la casa de Eugenio.

Lograron llegar a la puerta del departamento, pero Eugenio los recibió ladrando. Se mantuvo ladrando luego de que su madre los hiciera pasar. El líder de los derechos transexuales, exasperado, intentó patearlo, pero los otros dos se lo impidieron.

Cuando finalmente se fueron, la madre le dijo a Eugenio:

—Dijiste que la decisión de tu padre te iba a arruinar la vida. ¿Y vos qué estás haciendo? ¿Esto lo está haciendo tu padre o vos mismo?

—Mi vida ya está demolida —dijo Eugenio—. Pero quiero que los escombros caigan sobre él.

Y ladró.

Otro transexual amaneció ahorcado, y nunca se supo si fue suicidio o asesinato. Uno más fue golpeado en San Telmo y otro, violado en las vías desiertas de un tren. En atemorizada reacción, canales, radios y diarios comenzaron a objetar la vigente ley de transexualidad. Los diputados se hacían cada vez más permeables a esta tendencia. Los dos abogados y el líder transexual descubrieron con quién tenían que hablar. Fueron a ver a Manuel.

Dos días después, Manuel se apersonó en la casa de su ex esposa. Analía lo hizo pasar y se fue. Por primera vez desde que había comenzado su odisea, Eugenio se puso de pie. En dos patas.

Estaba frente a su padre. Apenas le parecía un hombre disfrazado. Los pechos podían ser una mera utilería, y el largo del cabello no lo hacía más mujer que hombre. Pero lo impactó la voz, lo único que no había sido alterado: le resultó extrañamente aguda.

—¿Qué querés? —le preguntó Manuel.

—Que te transformes nuevamente en un hombre.

—Estás loco. No sabés lo terrible que es la operación.

—Vos estás loco: no sabés lo terrible que fue para mí.

—Te estoy hablando concretamente de un dolor físico —dijo Manuel.

—Yo te estoy hablando de un dolor peor.

—Me estás pidiendo...

—Si sos un hombre que quiere ser mujer, no tengas hijos. Si tenés un hijo, sacrificáte por él. ¿No podés soportar ser un hombre? Matáte. Pero no arruines la vida de tu hijo. Tu felicidad no es más valiosa que mi vida.

—La única posibilidad de felicidad es que cada uno haga su vida —dijo sencillamente Manuel.

—Eso es imposible desde que vos hiciste mi vida. Vos hiciste mi vida.

Manuel no tuvo más palabras.

La operación fue inédita. Le reimplantaron el sexo y las hormonas que lo hacían hombre. Su novio no lo abandonó. Pero finalmente el cuerpo de Manuel rechazó la superposición de metamorfosis: algunos órganos no funcionaron correctamente y una infección se extendió por todo el cuerpo.

Murió unos meses después.

Los medios se apaciguaron, el debate desapareció de la cotidianeidad. Sin embargo, una tarde calurosa, un periodista con su programa venido a menos trató de levantar el rating con una nota exclusiva a Eugenio.

—Desde que su padre volvió a ser hombre —dijo el periodista—, usted abandonó su ambición de ser perro. De modo que usted nunca sintió la necesidad de ser perro: sólo era un modo de protesta contra su padre.

—No —dijo Eugenio—. Igual que él: simplemente cambié de parecer. En este mundo en el que cada uno puede ser lo que se le antoja independientemente de su nacimiento: ¿por qué un perro no habría de poder querer ser hombre?

Aunque la historia es real, el haberla recordado me atraerá la antipatía de muchos. Sin embargo, no se han deslizado en este relato pensamientos que me representen. Es simplemente la historia de un padre y un hijo. Apenas una historia más de las que ocurren a los humanos. Porque desde que se inventó el mundo, pasa cualquier cosa.

El conserje

Cerca de las dos de la mañana comencé a escuchar los ruidos y a sentir el olor. Algo crepitaba en el edificio de la esquina y el aire, manso, de la madrugada, dejaba llegar hasta el hotel el olor del humo de los incendios.

Dejé el rectangular cubículo de madera que compone la conserjería y salí a la calle.

En la esquina, la torre de departamentos ardía cinematográficamente. Todos los pisos decían la tragedia: de los que no salían llamaradas, se desprendían gigantescas volutas de humo mortalmente negro. Era el humo que asfixia, que enceguece, que mata.

Antecedido por el breve sonar de la sirena, llegó el carro de los bomberos. Aún no veía a los habitantes del edificio en el umbral.

Los bomberos se desplegaron alrededor de la catástrofe, y media docena de ellos se internó en la torre en llamas.

Era enero, un verano tórrido, el aire irritantemente quieto; la cuadra se recalentó. Regresé a mi puesto de trabajo.

El aire acondicionado me situó nuevamente en la realidad, luego del espectáculo pesadillesco. Levanté el teléfono y marqué el número de mi tía Dora —que pasa las noches en vela y me ruega que la llame a cualquier hora— para comentar con alguien lo que estaba ocurriendo; pero al segundo timbrazo entró al hotel una pareja, y colgué antes de que pudiera contestarme.

Decididamente, venían del incendio. Él llevaba una camisa a la que le faltaba una manga, chamuscada en el cuello y con múltiples manchones negros. Ella un vestido blanco con flores amarillas, mal cortado por el fuego en el borde inferior. Algunos mechones de su pelo caían cenicientos.

Ella cargaba su cartera deformada; y él, un pequeño bolso verde de tela de avión, que no había sufrido mayores daños.

Les di las buenas noches de rigor y pregunté por el incendio.

No necesitaban confirmar que venían de allí; dijeron que desconocían los motivos del inicio del fuego. Necesitaban una habitación para pasar la noche.

—¿Y cómo quedó el departamento de ustedes? —no pude evitar, algo morbosamente, preguntar.

—Lo hemos perdido todo —me dijo el hombre—. Todo.

Los miré sintiendo pena, y entonces reparé en que la mujer estaba embarazada. Por el tamaño de la panza, que a primera vista no había descubierto, debía estar promediando el embarazo. Este detalle me conmovió y me apresuré en llevarlos a su habitación.

A esa hora no había botones; me hice cargo de su mínimo equipaje. Los dejé en la habitación 202. No aguardé propina alguna.

Les deseé que pudiesen descansar y buenas noches. Regresé a mi puesto.

Suspiré pensando en las situaciones frente a las que nos pone el destino y salí nuevamente a la calle, a enterarme de cómo continuaba el siniestro.

Los bomberos, efectivos y ágiles, convertían las llamas en humo negro y el humo negro en humo blanco. Sólo se veían hombres de rojo y casco. Corrían en la noche, algunos con mangueras, otros con hachas. Vi a uno atado a un arnés de la reja del balcón del piso veinte. Y —conté con el dedo— del piso veintidós cayó como bólido un gato quemado. Yo sólo vi el bulto caer; pero luego del grito de susto del bombero, le oí decir:

—Es un gato.

Conmocionado entré al hotel, me senté en la silla dentro del cubículo y me dije que la escena era algo demasiado fuerte para mí. Me gustaría poder creer que me desmayé, y no tener que confesar mi primer sueño en horario laboral en estos siete años al frente de la conserjería del turno noche. En mi descargo puedo asegurar que se debió enteramente al agotamiento y no a la desidia ni al aburrimiento. Lo curioso es que el ruido del fuego, que aún crepitaba en algunos pisos, obró como una ronroneante canción de cuna.

Desperté cerca de las cuatro de la mañana. Antes de salir a la calle, disqué nuevamente el teléfono de tía Dora. Nunca es tarde para ella, y sin duda a las cuatro ya está despierta, desayunada y dispuesta a comenzar el día que nunca termina.

Esta vez el timbre de su teléfono sonó tres veces antes de que yo colgara. Oí pasos por la escalera y vi bajar a la embarazada.

Dejé el tubo en su sitio, no quería comentarle a mi tía Dora el incendio en presencia de la señora.

—En su estado —le dije con simpatía—, debería bajar por el ascensor. Son tres pisos.

—Le puedo asegurar que si usted viniera de ese edificio, también preferiría bajar por escalera. En los incendios, los ascensores son trampas mortales.

Asentí en silencio y me prometí nunca más intentar dar consejos a un cliente.

La mujer tomó asiento en uno de los cómodos sillones del hall, con una mano se acarició la panza y sumergió la otra mano en la cartera. La misma mano emergió con un cigarrillo y un encendedor. Se puso el cigarrillo en la boca y lo encendió. Aunque me impresionó vivamente ver fumar a una embarazada, hice caso omiso de todas las sugerencias que pugnaban por subir a mi boca y permanecí en silencio.

—¿Cuántos años hace que trabaja acá? —me preguntó.

Como la que había iniciado el diálogo era ella, no tuve reparos en contestar:

—Siete.

Asintió admirativa, hizo cuentas mentales; y descubrió que mi mirada se centraba, involuntariamente, en su cigarrillo.

—No se preocupe —me dijo—. Después de ver tanto fuego, ¿qué me puede hacer esta pequeña brasa?

Pensé en decir: «A usted, nada. ¿Pero al nene?». Pero quién era yo para hablar. Además, se habían salvado de un incendio mortífero y debían tener nula confianza en las frágiles previsiones humanas. Cuidamos la salud durante la vida entera, y de pronto un accidente nos arrasa como a una hoja; mientras bebedores, fumadores y drogadictos concurren sonrientes y saludables a nuestro funeral.

—Hace más de diez años, antes de que usted viniera a trabajar aquí, este hotel tuvo un papel importante en mi vida.

Me sorprendió. Y aunque cumplí mi juramento de no abrir la boca, todo en mi rostro conspiraba para rogarle que me contara la historia.

Pegó una pitada al cigarrillo y dijo:

—Supongo que a alguien se lo tengo que contar. Ya no importa.

Mis compañeros del turno tarde y mañana me habían hablado de sus repetidas aventuras con huéspedes que se registraban a solas, e incluso —terrible— con mujeres casadas. Tres de cada diez historias que me contaban debían de ser ciertas; y de no haber sido porque la mujer estaba embarazada no hubiese dudado de que por primera vez en siete años yo estaba frente a la propuesta sexual de una pasajera.

—Hasta más o menos mis veinte años, yo viví en diagonal al edificio que hoy se incendió —dijo como si no le importara que la estuviera escuchando—. Vivía en la casa de mis padres, un departamento en un edificio de diez pisos. Usted lo tiene que haber visto, cruzando la esquina, sobre la otra mano, antes de llegar a mitad de cuadra.

—¿En la calle Junín? —dije—. ¿Al lado de la librería?

—Exacto —dijo ella—. Ahora es una librería —y agregó con un tono extraño—: Antes era una casa de pastas.

»A los quince años —siguió la mujer—, una tarde, al regresar de la escuela secundaria, mi madre me dijo que mi padre nos había abandonado.

»La noticia no era del todo sorprendente: mi madre era corpulenta y mandona; y mi padre era un delgado y tierno playboy. Yo lo adoraba. Comprendí a mi padre con una rapidez inusitada en una adolescente que encontraba deshecho el matrimonio que la había dado a luz. Pero desde siempre había sabido que mi padre tarde o temprano tendría que aburrirse de aquella mujer buena para amasar y para gritar, pero casi completamente incapaz de divertirse.

—Qué difícil es encontrar la pareja ideal —dije sin poder mantener cerrada mi bocaza—. Fíjese, a ese respecto, yo permanezco solo.

—Más fácil que encontrar la pareja ideal —dijo la señora— es casarse con la persona exactamente incompatible.

—Es cierto —dije, asombrado de coincidir inmediatamente con su observación—. En el hotel se ve a menudo.

Y callé avergonzado porque, después de todo, también ella había llegado aquí con su marido, y yo, en mi rol privilegiado de observador, le estaba revelando las intimidades de otros matrimonios.

—No se preocupe —me sonrió—. Amo a mi marido. Y él me ama. Supimos elegirnos.

—¿Y cómo fue que se eligieron sus padres?

—Mi madre debió haber sido muy bonita en su juventud —dijo—. A mi padre le gustaban las mujeres corpulentas, de caderas grandes. En la época y en la clase social de mi padre, los casamientos se realizaban por conveniencia y arreglo. Debió resultarle divertido sorprender a sus relaciones al casarse con una mujer sólo porque le gustaba físicamente. Aparte, por motivos que nunca voy a descubrir, y nadie puede descubrirlos, creo que mi padre la deseó sexualmente siempre. Que estaba realmente apasionado con el cuerpo de su esposa.

Enrojecí.

—«Tu padre ha decidido irse», me dijo mi madre en voz baja. Y cerrando los ojos y agachando la cabeza, comenzó a llorar.

»"—¿Qué pasó, mamá? —le pregunté—. ¿Se pelearon? ¿Dejó una carta, algo?

»"—Está en el hotel Luxor —respondió mi madre a sólo una de mis preguntas—. Pero no volverá.

Pegué un respingo. El hotel Luxor era precisamente este hotel.

—Por supuesto —continuó la señora—, dejé a mi madre y salí corriendo para el hotel, para hablar con mi padre. Eran sólo dos cuadras, mi madre no intentó detenerme.

»Llegué al hotel llorando y pregunté al conserje por mi padre.

205

»"—El señor se hospeda acá, efectivamente —me dijo el conserje luego de mirar el registro—. Pero en este momento no se encuentra.

»"—¿Y sabe cuándo regresa? —le pregunté.

»"—Me ha dicho que muy tarde —dijo el conserje.

»"—¿Dijo alguna hora?

»"—No, ninguna precisa. Si usted quiere dejarme un recado, se lo daré ni bien llegue.

»"—Dígale que estuvo la hija —y comencé a llorar—. Que por favor me llame, que necesito mucho verlo.

»"—Descuide, señorita. Se lo digo ni bien llegue —me respondió el conserje.

»Y, avergonzada por haber revelado mis sentimientos frente a un extraño, regresé corriendo a casa.

»Al llegar, me lancé a los brazos de mi madre. Ella, en un inusual despliegue de dulzura, me consoló e intentó convencerme de que entre las dos nos arreglaríamos bien.

»No podía imaginar cómo sería el hogar sin mi padre: la perspectiva de vivir a solas con mi madre, con su insulsa presencia, con su incapacidad de reír, me resultaba desoladora.

»Por la noche, como mi padre no había llamado, regresé al hotel.

»"—¿Ha llegado ya el señor...? —pregunté por el apellido de mi padre al conserje nocturno; no era aquel con quien yo había hablado por la mañana.

»"—Pemítame que me fije —me dijo el hombre—. ¿De parte de quién?

»"—De la hija.

»El conserje llamó por el teléfono interno, habló unas palabras (me alegré, pues mi padre estaba), y colgó con el rostro inexpresivo.

»"—Dice... —me dijo vacilante—. Dice... que no quiere verla.

»"—¿Le dijo que soy la hija? —pregunté sin poder creerlo.

»"—Fue lo primero que dije —me respondió con seguridad.

»"—Bueno, voy a subir yo —dije.

»"—Lo lamento, señorita. Pero tendrá que esperar a que su padre salga del hotel. No puedo permitirle pasar si el pasajero no accede a ser visitado.

»"—Soy la hija —insistí al borde del llanto.

»Vi en la cara del hombre una mueca de desconfianza.

»"—Señorita —insistió el conserje—. No tengo modo de comprobar el parentesco entre ustedes. E ignoro el conflicto que puedan estar viviendo. Pero la situación es clara: un pasajero formalmente registrado en este hotel no desea recibir una visita. Tampoco es el fin del mundo: bastaría con que usted aguarde a que el que usted dice que es su padre salga del hotel.

»Humillada, dolorida, y furiosa, regresé caminando a casa. Por suerte, mi madre no estaba. Yo no pude pegar un ojo. Al día siguiente, cuando estuvo lo suficientemente claro, me dirigí nuevamente hacia aquí, a este hotel.

»Estaba el conserje matutino, con quien había hablado la primera vez. Eran cerca de las ocho de la mañana.

»Ni bien me vio, en el rostro del conserje se dibujó una expresión de pena.

»"—Su padre se ha ido—, me dijo antes de que pudiera preguntar. Sin reparar en vergüenzas, apoyé mis brazos sobre ese mismo mostrador, dejé caer mi cabeza, y lloré. Cuando pude, me reincorporé.

»"—¿Dejó alguna carta, algo?

»El conserje negó con un movimiento de cabeza, silencioso y dolorido. Cuando me estaba yendo hacia la puerta, me llamó:

»"—Señorita —me dijo.

»Me detuve, esperanzada.

»El conserje salió lentamente de su rectángulo y caminó hacia mí con pasos solemnes.

»"—Sólo quería decirle que a veces los hombres no poseemos el suficiente valor para afrontar ciertas situaciones. Eso no significa que las cosas que perdemos por culpa de nuestra cobardía no nos importen...

»Lo miré como esperando un dato. Esperaba que no me hubiese detenido sólo para soltarme esa sarta de amables cursilerías.

»"—Me dijo el conserje nocturno —dijo entonces— que su padre lloró toda la noche. Calcule usted que para que se lo escuche desde aquí, un hombre tiene que estar realmente desesperado.

»Continué mirándolo en silencio.

»"—Pensé que para usted sería importante saberlo —me dijo respetuosamente.

»Y como no tenía más que decirme, simplemente me fui.

—¿Y hace cuántos años fue esto? —pregunté.

—¿Esa charla? Quince años. No haga cuentas, no puede haberlo conocido. Lo echaron ese mismo año.

Acepté la información y la mujer encendió un nuevo cigarrillo. Ojalá bajara el marido para impedirle fumar. ¿Pero qué podía hacer yo sino oficiar como mudo escucha de su historia? ¿Qué, sino acompañar cortés y amablemente a una huésped que acababa de atravesar un trance desagradable y necesitaba hablar?

—Tuve que aceptar el silencio y la ausencia de mi padre. Ni una carta, ni un llamado. Leí que estas historias ya habían ocurrido: gente que de pronto desaparecía, hombres que tenían familias en otros países; hombres que desaparecían y eran encontrados como mujeres. Asesinos que habían ocultado su identidad durante décadas y huían cuando por casualidad eran descubiertos. Perseguidos que se escondían bajo una identidad falsa, y también debían huir cuando ésta se rasgaba. ¿En cuál de estas categorías estaba mi padre? Entendía que hubiese dejado a mi madre... ¿pero por qué me había dejado a mí?

»Es cierto que mi padre tenía el carácter encantador propio de los estafadores. Frente a la vida lineal y transparente de mi tosca madre, mi padre parecía un baúl de historias ocultas. Era difícil de comprender el motivo por el cual había elegido a mi madre como compañera de vida, e imposible saber el motivo por el que la había abandonado.

»Ni mi madre ni yo dimos aviso a la policía, de modo que no lo buscaron. Si mi padre no había querido hablarme por su voluntad, yo no quería que la policía lo obligara. No quería representar para él el mismo peso que había representado mi madre. En el fondo de mi alma, yo odiaba a mi madre. Estaba convencida de que ella era la causante de que mi padre nos hubiese dejado. Y la culpable, también, de que mi padre no se atreviera a aparecer siquiera para hablarme, temeroso de que el peso de mi madre cayera como una piedra sobre él. Había huido de mi madre, pensaba yo, como de un peligro al que no se quiere volver a enfrentar.

»Pasaron dos o tres meses. Los dueños de la casa de pastas, que eran amigos de mi madre, nos hacían visitas de consuelo. Traían consigo al hijo, un chico tímido de mi edad, que siempre había tenido cara de asustado y casi no se animaba a hablarme. La mujer nos traía alguna exquisitez preparada con sus propias manos, y don Nicola, un gordo petiso de abundante bigote, me contaba chistes subidos de tono, como si ésa fuese la terapia para alejar mi pena.

»A los cinco meses, la policía vino sin que la llamáramos. Habían encontrado el cadáver de mi padre. Se había suicidado, luego de dejar una nota, en una casa en el Tigre. Con un balazo en la sien.

Un silencio se hizo entre los dos. Un silencio entre el recuadro de madera lustrada de la consejería y el esponjoso sillón del hall. Nuestros rostros mantenían la compostura: el mío, porque un conserje debe escuchar con recato. El de ella, porque era una narradora desapasionada. Nos separaba un pequeño pasillo cubierto por una gastada alfombra roja.

—La carta de mi padre decía que un año atrás se había enterado de que padecía de esquizofrenia. Había sido encontrado dos veces, en distintos lugares, delirando, contando historias absurdas. En ambas ocasiones, debieron controlarlo desconocidos: en un caso, cuando intentaba trompearse con el dueño de un local textil, del que mi padre aseguraba ser propietario. En el otro, al salir de la casa de una amante (mi padre lo confesaba en la carta sin subterfugios), había intentado golpear al portero porque pensaba que lo miraba mal. Luego de varios meses de sufrimiento, ocultado celosamente a su familia, y de huir para no provocar más daños, habiéndose tratado médicamente sin resultados, había llegado a esta terrible conclusión. Esperaba que lo perdonásemos.

»Puede imaginarse la impresión. Pero espero no parecerle cruel si le digo que mi mayor dolor no se debió a su muerte. Después de todo, la muerte es algo que tarde o temprano nos ocurrirá a todos. Y ahora, ya no le tengo miedo, en absoluto. Tampoco usted debería temerle. Es más rara y menos mala de lo que podemos imaginar. Lo que me dolió, lo que me destrozó, fue que mi padre no hiciera una referencia directa a mí en la carta. Entendía que estuviese tan enfermo mentalmente como para no atreverse a mirarme a la cara (me costaba mucho creerlo, pero podía llegar a entenderlo: recordaba que el conserje me había contado que la desesperación de mi padre se escuchaba desde la planta baja), pero no podía aceptar que se hubiese despedido del mundo sin saludarme. Ni siquiera por escrito. Si no hubiese visto con mis propios ojos la carta escrita con la inconfundible caligrafía de mi padre, no hubiese aceptado en silencio ese último mensaje. Mi amor por mi padre no había sido unilateral: yo no era una niña y sabía cuándo un adulto se divertía y disfrutaba con una compañía. Y mi padre me quería y no ocultaba la alegría que le provocaba pasar el tiempo conmigo. Jugábamos, charlábamos y veíamos películas. Yo no podía entender que habiendo tenido la suficiente lucidez y presencia de ánimo como para escribir aquella carta enumerando todos los motivos que lo llevaban al suicidio, no le restase un dejo de piedad para dedicarme unas palabras. Pero era la letra de mi padre y era su mano la que había empuñado el revólver.

»La casa en el Tigre, y aquí apareció un nuevo misterio, también era de él. En el remolino de pericias policiales, reconocimiento del cuerpo y demás, nos enteramos de que mi padre recientemente había heredado una casa en el Tigre y una pequeña fortuna de un tío. De este mismo tío, había heredado su locura.

»Armando, el recién aparecido tío, había muerto de viejo en un asilo para locos adinerados del Gran Buenos Aires. Mi padre era su pariente más directo, y a él había ido a parar la cantidad de dinero (que, aun menguada, seguía siendo importante) y la casa, pertenecientes a su tío hasta el día de su fallecimiento.

»Eran demasiadas informaciones para una adolescente. No me interné en las averiguaciones sobre este tío loco, como hizo mi madre. Me dediqué a llorar por lo que quedaba de mi padre, hacer un duelo discreto, resignarme a desconocer el secreto que había rodeado este último paso de su vida, y continuar, como pudiera, mi propia vida.

»Mi madre y yo recibimos la herencia del tío Armando. Este ingreso inesperado representó el comienzo de un período económicamente holgado. Nos sobraba el dinero.

»Don Nicola ayudó a mi madre a invertirlo en distintos negocios, entre ellos su propia casa de pastas. El dinero procedente de esas inversiones comenzó a ingresar como rentas, mensualmente, en nuestras finanzas. Pero a mí siempre me pareció que en una cantidad inferior, en proporción, a lo que mi madre había invertido.

»El que también comenzó a ingresar en mi casa, y sin su esposa, era don Nicola.

»Al principio, venía para hablar de negocios, a llevar las cuentas de las inversiones junto con mi madre; y como las visitas no eran de cortesía y su esposa no se metía en los negocios, podía prescindir de ella.

»Luego, solía ver a don Nicola cuando por algún motivo yo salía de casa y regresaba tarde. Yo llegaba y él se iba. Comencé a sospechar que mi madre lo llamaba cada vez que yo avisaba que tardaría en regresar.

»Por último salió a la luz el romance, y en breve se oficializó la separación de don Nicola y su esposa.

»No sé cuál habrá sido el trato, pero él se quedó con la casa de pastas.

»A mediados del siguiente año, don Nicola vino a vivir a mi casa.

»El romance me había resultado desde el inicio despreciable, y la instalación de don Nicola simplemente me decidió a irme de esa casa ni bien tuviese la oportunidad.

»Miguel, el hijo de don Nicola, visitaba a su padre y yo lo veía seguido. Don Nicola lo trataba muy mal: no era difícil comprender su permanente expresión de asustado.

»Cierta tarde, mi madre y don Nicola salían al cine, y Miguel aprovechó para bajar con ellos e irse también a hacer sus cosas.

»Don Nicola se había servido un vaso de leche para beber antes de salir, y en un movimiento torpe lo volteó. La leche se derramó por la mesada de la cocina y el suelo.

»"—Miguel la limpia —dijo don Nicola mientras abría la puerta para salir.

»"Estoy apurado —dijo Miguel.

»Don Nicola no habló, simplemente lo miró y le mostró el dorso de la mano.

»Miguel agachó la cabeza.

»Antes de que don Nicola cerrara la puerta, Miguel ya había tomado el trapo y estaba limpiando.

»Mientras limpiaba, Miguel dijo sin mirarme:

»"—Mi padre no es una buena persona.

»"Ya veo —le dije.

»"—No es esto —dijo Miguel—. Esto no es nada. Mi padre es una mala persona.

»Yo entendí que Miguel deseaba vengarse de su padre, y que todo lo que su valentía le permitía era revelar alguno de los secretos de don Nicola.

»Le permití vengarse.

»"—¿A qué te referís? —pregunté.

»"—Mi padre ya veía a tu mamá antes de que tu padre muriera. Le hacía regalos de dinero. A veces faltaban cosas en casa, pero él de todos modos hacía regalos a sus amantes.

»Miguel calló y siguió limpiando con furia.

»Yo había sospechado desde la primera vez que vi a entrar a don Nicola solo en casa que algo podía ocurrir, y que quizá ya algo hubiese ocurrido. Pero la comprobación de la felonía, aunque no me sorprendió, me llenó de furia.

»Siempre había creído que el infiel en ese matrimonio era mi padre.

»No hablé más con Miguel y evité su presencia siempre que pude. Me ausentaba de casa con frecuencia. Comencé a dormir en casas de amigas. Luego, de amigos.

»Comenzaron los años locos para mí. Dormía en cualquier lado, trabajaba de lo que podía y comía lo que había. Dejé de ver a mi madre. Cambié mi aspecto y mi lenguaje. Cuando hube formado una imagen bastante degradada de mí misma, me mantuve así hasta los veinte años.

»Una noche, con un novio casual, llegué a este mismo hotel. No había otro más cerca. Pedimos habitación hasta el día siguiente.

Nuevamente enrojecí.

—¿Y los registraron por una sola noche? ¿Sin equipaje? —pregunté indecorosamente.

—Así es. No se preocupe —me dijo—. Le aseguro que no volveré. Ésta es mi última noche en este hotel, y es con mi marido. Pero aquella noche, al llegar con aquel muchacho, descubrí que el conserje era el mismo que me había dicho que mi papá no quería recibirme.

»¿Cinco años es mucho o poco tiempo? Quién sabe. Para mí el tiempo ya no existe. Pero este hombre tenía algunas canas, y parecía uno de esos actores que deben envejecer a lo largo del film, y los maquillan para que aparenten cinco años más.

»"—¿Me recuerda? —le pregunté.

»"—Por supuesto —me dijo, y agregó—: Nunca podré olvidarme de usted.

»Le pedí a mi acompañante que me aguardara en la habitación y prolongué la charla con el conserje.

»"—¿Y el otro conserje? —pregunté, recordando a aquel hombre que había intentado unas palabras amables cuando mi padre ya se había ido, cinco años atrás.

»"—Lo echaron por esa época —me contestó el conserje nocturno.

»Lo dijo de un modo que despertó mi curiosidad.

»"—¿Por qué? —pregunté.

»"—Utilizaba las instalaciones del hotel para actividades personales.

«"—¿Instalaciones? ¿Se refiere a las habitaciones?

»"—Exactamente —dijo el conserje.

»No cabía duda de a qué actividades podía estar refiriéndose si necesitaba habitaciones para llevarlas a cabo.

»"—¿Y con personal del hotel?

»"—Preferentemente con personas totalmente ajenas al hotel. Mujeres que ni siquiera eran pasajeras.

»Mantuve silencio, aún quería seguir conversando, y lo del conserje despedido no me parecía tan grave. Mantenía relaciones sexuales en su lugar de trabajo. ¿Y? En mi deambular, en aquellos pocos años, yo había oído de cosas infinitamente peores.

»"—¿Usted oyó llorar a mi padre aquella noche? —pregunté.

»El conserje negó en silencio.

»"—Pero usted reportó ruidos extraños en la habitación de mi padre —insistí.

»"—En absoluto —contestó con rapidez el conserje.

»"¿Está seguro? —dije, algo asustada—. Eso fue lo que me dijo el conserje de la mañana, el que usted dice que echaron —medité un segundo, y pregunté—: ¿Puede asegurarme, aunque hayan pasado cinco años, que usted no hizo ningún reporte sobre ruidos extraños en la habitación de mi padre aquella noche? Es importante para mí; pero no para usted. No tema decirme que no lo recuerda.

»El conserje guardó silencio durante una cantidad de tiempo considerable.

»Y cuando habló supe que había esperado en silencio aún mucho más.

»"—Recuerdo perfectamente esa noche porque el hombre que me contestó cuando llamé a la habitación que supuestamente ocupaba su padre, no era su padre. A no ser que su padre fuera el conserje que echaron. El conserje de la mañana.

»"—¿Estaba ocupando la habitación? ¿La habitación en la que estaba mi padre?

»"—En la que supuestamente estaba su padre, sí —me dijo—. Cuando habló conmigo, no necesitó fingir mayormente la voz. Yo era nuevo y apenas lo conocía. Me dijo, como le dije entonces, que no quería recibirla.

»"—Entonces... —dije, sin saber cómo seguir.

»"—Puedo asegurarle que en todos estos años esperé que alguna vez usted reapareciera para contarle la verdad.

»"—¿Y usted nunca vio a mi padre en este hotel?

»"—Jamás —dijo el conserje—. Vi su nombre y apellido, e incluso el número de documento, registrado en la planilla. Pero no a la persona.

»"—¿Y cómo se enteró usted de que la voz era del otro conserje y no la de mi padre?

»Se perturbó.

»"—¿Cómo lo supo? —insistí.

»"—Esa noche, después de las once, unas horas después de que usted se fue, pidieron champán.

»"—¿Desde esa misma habitación?

»"—Desde esa misma habitación —repitió afirmativamente el conserje—. Naturalmente, el champán debía llevarlo el botones. Pero me intrigó tanto la actitud de aquel hombre, intriga que crecía por no haberlo visto aún, que no le avisé al botones y decidí llevar yo mismo la bebida. Quería ver la cara de aquel hombre que había rechazado a su hija y ahora pedía champán.

»"—Pero el hombre que vio —dije— no era el que había rechazado a su hija.

»"—El hombre que vi —dijo— estaba con una mujer, y era el conserje del turno mañana. Evidentemente, el botones no desconocía sus actividades nocturnas y, creyendo el conserje que era el botones quien llevaba el champán, abrió la puerta con toda confianza. Vi al conserje semidesnudo, tapado a medias por la puerta; y a una mujer con cara de loca y despeinada, totalmente desnuda, parada en el medio de la pieza.

»"—¿Y qué hizo?

»"—Le entregué el champán y cerré la puerta.

»En ese momento nos interrumpió el timbre del teléfono. Mi acompañante quería saber qué me ocurría. Por qué no subía.

»"—Ya subo —le dije—. Esperáme que ya subo. El conserje es un conocido. Ya subo.

»Mi acompañante no tuvo más remedio que aceptar.

»"—¿Y él no le dijo nada? —pregunté.

»"—Me guiñó un ojo —dijo el conserje.

»"—¿Usted lo denunció al día siguiente?

»"—No —respondió instantáneamente—. No lo denuncié. Lo descubrieron semanas después, por imprudencias suyas. Descubrieron que utilizaba las habitaciones fuera de su horario. Aunque lo consideraba un canalla, no quería denunciarlo, no me gusta; no por él, por mí. Pero cuando lo descubrieron, en lo primero que pensé fue en que si alguna vez la veía por fin podría contarle la verdad.

»"—Tardó un poco —dije.

»"—Cinco años. No fue fácil tampoco para mí.

»"—¿Logró ver a la mujer? —le pregunté.

»"—Sí, sí que la vi. Aún la recuerdo. Estaba desnuda.

»"—¿Podría describírmela?

»"—Bueno, era una mujer... más bien morruda...

»En su descripción, a retazos pero certera, intentó rescatar de su memoria hasta el mínimo vestigio de lo que había entrevisto tras la puerta. Se esforzó en recordar, como un homenaje a aquella chica de quince años a quien involuntariamente había engañado. Y el retrato logrado me resultó familiar, infamemente familiar.

»"—¿Cuál era el nombre del conserje de la mañana? —pregunté.

»"—Omar —me dijo—. Omar Balvuena.

»"—¿Sabe qué se hizo de él?

»"—Yo suelo ir por el sindicato y allá me dijeron más de una vez que anda por el Tigre, todavía dentro del gremio. En aquella ocasión me sorprendió que no intentara defenderse judicialmente cuando lo echaron; no peleó ni por media indemnización. En el sindicato le ofrecieron apoyo legal, pero lo rechazó. Me dijeron que trabaja en una hostería, como le digo, del Tigre. Se llama precisamente El Tigre.

»No escuché más. Dije buenas noches y me dispuse a salir.

»"—Señorita —me dijo el conserje—. Su compañero la espera en la habitación.

»"—Es una buena ocasión para que usted se redima de aquella vez que no me dejó subir —le respondí—. Dígale que no me espere más.

»Y salí.

»Tomé un remís al Tigre. Tenía en el bolsillo el dinero con el que pensaba pagar la habitación. Sí, a veces yo misma pagaba las habitaciones a las que iba con mis amigos. En el Tigre, no tuve que preguntar a más de un parroquiano para encontrar la hostería.

»El hombre que atendía me miró admirativamente. Con desvergüenza.

»Pero no, Omar no estaba. Por supuesto que yo estaba invitada a quedarme todo el tiempo que quisiera. Incluso a esperarlo hasta el día siguiente. En una habitación para mí sola, gratis. A una amiga de Omar no le retacearía una cama para dormir.

»Agradecí gentilmente, pero dije que necesitaba encontrarlo ya mismo. Era su sobrina, argumenté esperando que no me creyera, y Omar me había mandado a llamar con urgencia.

»"—Si es con urgencia —me dijo guiñando un ojo—, no lo vamos a hacer esperar. Está en la casa. ¿Sabe cómo llegar?

»"—Le agradecería si le da las señas al chofer de mi remís.

»El hombre regresó conmigo al remís y nos explicó cómo llegar.

»En el viaje, si bien corto, supe que aquella casa era la que había heredado mi padre de su tío. No podía ser otra. Era parte de la recompensa de Omar;

la otra parte de la recompensa, había sido mi propi
madre. También sabía lo que le diría.

»El remisero me dejó en la puerta y pregunt•
si debía esperarme. Dije que no, allí terminaba e
viaje.

»Toqué el timbre y tuve que esperar unos mi
nutos.

»Abrió un hombre con barba de días, sucio, gor
do, oliendo a ginebra. Era Omar.

»Me miró extrañado y no esperé a que me pre
guntara quién era.

»Le dije:

»"—Quiero mi parte.

»Lo empujé hacia adentro de la casa presio
nando con mi mano sobre su fofa panza. Antes d•
entrar, descubrí una chapa junto a la puerta: u•
nombre seguido del apellido de mi padre. No s•
habían tomado el trabajo de sacarla.

»"—Ah, ya sé quién sos vos... —dijo golpeán
dose la frente, borracho—. ¿Cómo está tu mamá?

»"—Puta —contesté—. Como siempre. Quie
ro mi parte.

»"—¿Tu parte de qué?

»"—No me importa quién lo hizo. A mi mamá
hace años que no la veo. Sólo quiero el dinero.

»"—No tengo plata, nena.

»"—Algo tiene que quedar —dije—. Algo para mí.

»"—No queda plata. Además, vos no hiciste
nada.

»"—¿Y esta casa?

»"—Esta casa —dijo Omar— es tuya. Sólo vivo
acá. Me podés echar ahora mismo.

»"—No me sirve —dije—. Necesito plata. Y puedo hacer algo ahora.

»"—¿Qué podés hacer?

»"—¿Si me decís dónde está lo que resta de
plata?

»"—Si te digo dónde está lo que resta de plata
—intentó ser el engañador Omar.

»"—Yo también soy puta —dije entonces.

»Omar se abalanzó sobre mí sin hacer más preguntas.

La mujer debe haber notado mi incomodidad,
porque interrumpió el relato. No podía creer que
aquella dama, con su marido y embarazada, hubiese podido hacía una década protagonizar eventos de
tal magnitud.

—Usted es un buen hombre —me dijo.

—Intento serlo —dije.

—Pero de todos modos querrá que le termine
de contar la historia.

—Si a usted le hace bien... y si evita los detalles
escabrosos...

—Me hace bien —dijo—. Es la primera vez que
lo cuento, y también me hace bien saber que es la
última. Ya estaba cansada de llevarla en la cabeza,
ahora voy a descansar. Y sobre lo otro: la historia entera es escabrosa, pero intentaré evitar los detalles.

»Le di a Omar todo lo que quería de mí. Todo
—dijo dando una nueva pitada a un nuevo cigarrillo—. Y le arranqué todo lo que tenía para darme.
Me contó todo. Me lo cobró. Pagué cada una de sus

informaciones con un palmo de mi cuerpo. Pero finalmente lo supe todo.

»Mi madre se acostaba con Nicola y con Omar mientras estaba casada con mi padre. E incluso con ambos en la habitación del hotel. Mi padre le informó a mi madre de la reciente muerte de su tío. De la herencia. Mi madre, a quien en compañía de sus dos colegas todo le importaba nada, imaginó el engaño y el asesinato. Yo no llegué a enterarme de la herencia porque mi padre aún no quería decirme que teníamos un pariente loco. Su temor a la locura era cierto. Desde el primer día en que mi madre me dijo que mi padre nos había abandonado, estaba secuestrado en el Tigre. Omar no sabía si custodiado por don Nicola o por algún sicario pago. A él, a Omar, sólo le competía registrarlo en el hotel y engañarme cuando yo fuera a preguntar. Lo hizo por seguir gozando de los favores de mi madre (incluso aquella misma noche) y por la oferta de disponer de la casa a su antojo, una vez que se hubiesen desembarazado de mi padre. Lo hizo porque era un asesino, y porque el desenfreno licencioso con que habían armado aquel trío los incitaba a refocilarse en la concreción de más y más excesos. Meses después, Omar no sabía exactamente cuándo, a punta de pistola, y amenazándolo con hacerme daño, lo obligaron a escribir la carta. Omar tampoco sabía si mi papá mismo se disparó...

Y aquí la mujer, que narraba la historia con una velocidad mecánica y una precisión rayana en la frialdad, hizo un alto. Cerró un segundo los ojos.

—...o si le dispararon primero y después pusieron sus huellas digitales en el revólver. El último —agregó, encendiendo, para mi espanto, un nuevo cigarillo—. Fueron hábiles al construir la historia utilizando el precedente real de mi tío, pero torpes al no poner en su carta ni una sola referencia cariñosa a mí.

»¿Puede creer que fue ese detalle el que nunca, ni en un segundo de esos cinco años, me permitió creer del todo la historia que habían inventado?

—Por supuesto —le dije sinceramente.

—Denuncié a mi madre —dijo largando el humo por la nariz—. A diferencia del colega de usted, no tuve ningún problema en denunciar a todos. Había demasiados cabos sueltos. Para la policía fue especialmente importante que Omar estuviese viviendo en esa casa sin pagar alquiler. ¿Por qué estaba viviendo ahí? No supo qué contestar. La ex esposa, y especialmente Miguel, se desvivieron por incriminar a don Nicola. En este hotel, las referencias sobre Omar no fueron mejores. Mi madre fue presa. Aún lo está. También Omar. Don Nicola se suicidó; sí, de verdad. Pero no dejó ninguna carta, gesto que desde entonces me parece la confirmación de que un suicidio es cierto.

»Me extraña que usted no haya oído ni una palabra de esta historia anteriormente —dijo, mirándome, la mujer—. Ni siquiera sobre Omar.

—En el hotel hubo un recambio total poco antes de que yo ingresara —dije—. El dueño es otro, y el personal es prácticamente todo nuevo. Y, como usted sabrá, en una dependencia comercial hay historias que más vale que no prosperen. No sería buena propaganda para el hotel que se supiera que semejantes empleados y sucesos se desarrollaron en sus instalaciones.

—Qué bien habla usted —dijo la señora sonriendo.

—No tengo otra cosa que hacer —dije enrojeciendo por enésima vez.

Y por segunda vez pensé que, de no haber estado embarazada y no haber llegado bajo la circunstancia fatídica del incendio, sería una de esas pasajeras de las que mis colegas se jactaban.

—Ahora debe estar aliviada —dije.

—¿Por contarle la historia? —preguntó.

—No —dije—. Porque los culpables están presos.

—Aliviada porque mi madre está presa... No, no tanto. Pero esta noche, esta noche sí que me siento aliviada.

—Me alegro de haber sido útil.

—Más de lo que se imagina —me dijo—. No me es indiferente que usted sea el conserje nocturno de este hotel. Después de todo, fue gracias al conserje nocturno que encontré la punta de la verdad. Y esta habitación, por más que todo haya sido una trampa, esta habitación fue el lugar donde me despedí para siempre de mi padre.

—¿Qué habitación? —pregunté.

—La 202 —dijo la señora—. La habitación desde donde mi padre me contestó que ya no quería verme.

—Pero ése no fue su padre —dije—. Ése fue el conserje.

—Sí. Pero de algún modo, ésa fue la vez que me despedí de mi padre.

—Lo siento mucho —fue lo único que atiné a decir.

—Le repito que usted es una buena persona.

—Espero que su casa haya permanecido lo más presentable posible —le deseé.

—No va a hacer falta. Buenas noches —me despidió.

Y nuevamente por la escalera subió a su habitación, la 202.

A las seis de la mañana llegó Jacobo, el conserje diurno, y me reemplazó. Le informé del incendio, pero ya lo sabía por la radio. Me preguntó los detalles. Le conté lo que pude: el inicio, las llamas, el humo, y la muerte del gato. Le informé, también, claro, de la pareja que se había registrado. Pero siquiera mencioné que provenían del edificio incendiado. No quería que los molestara con preguntas.

Estaba realmente agotado y decidí quedarme a dormir en la habitación de servicio en lugar de viajar a casa.

Le pedí a Jacobo que no me despertara antes de la una del mediodía.

A las diez y media de la mañana, fui despertado por Jacobo.

Me sacudió, le pregunté la hora, y en vez de responderme dijo:

—No están los pasajeros de la 202.

—Se fueron —dije aún dormido.

—Se fueron sin pagar —agregó Jacobo.

—¿Cómo sin pagar? —dije despertándome.

—Mandé al botones a avisarles que eran las diez, que tenían que dejar el cuarto o pagar por una noche más. Y el botones me dijo que en la 202 no había nadie. Habían dejado la cama como si no la hubieran tocado.

—¿Y no pagaron?

—No pagaron —repitió Jacobo.

—No te preocupes —dije—. Viven acá al lado. Yo me encargo de hablar con el patrón. Dejálo en mis manos.

Y caí sobre la almohada intentando no pensar en el pequeño inconveniente.

Pero antes de que me reencontrara con el sueño, me interrumpió nuevamente Jacobo.

—Es tu tía Dora en el teléfono —me gritó—. ¿Estás despierto?

—Pasáme la llamada —respondí.

Levanté el tubo del teléfono de la habitación de servicio. Pensaba hablar con la tía, cortar e irme a dormir a mi casa. Ya estaba bien del hotel por un buen tiempo.

—Hola, tía.

—Querido —me dijo con la voz cariñosa de siempre—. Qué alegría oírte. Ayer el teléfono sonó dos veces de madrugada. Las dos veces cortaron. Las dos veces pensé que eras vos.

—Era yo, tía —confirmé.

—Qué suerte, estaba preocupada. ¿Qué incendio, no? Al ladito de tu trabajo. Yo le decía hoy a una amiga que es al lado, al lado del trabajo de mi sobrino. Lo debés haber visto todo.

228

—Lo que pude —dije—. Pero sé menos que vos, que leíste el diario.

—Ah, muy impresionante. Muertos.

—Vi morir a un gato.

—¿Un gato? —me preguntó.

—Cayó del piso veintidós, carbonizado.

—¡Pobrecito! —gritó mi tía espantada, y agregó—: ¿Lo viste bien?

—No, de lejos —respondí entre cohibido e irónico.

—Ah, después me contás —dijo mi tía—. A mí lo que me impresionó fue lo de la pareja del ascensor.

—¿Ves? —le dije—. Eso lo ignoro completamente.

—Una pareja, quedó atrapada en el ascensor. Un drama. Murieron quemados los dos. No quedó nada. Las joyas y el metal de un encendedor. Y no sabés... no sabés... Lo peor. Ella, la chica, estaba embarazada. ¿Cómo hacen para saberlo? En mi tiempo no te enterabas de que estabas embarazada hasta que no nacía, y ahora lo saben aunque te mueras antes...

La voz de mi tía continuó en el tubo, a una distancia infinita de mi mano. La voz de mi tía reclamando que le contestara, preguntándome qué me pasaba, a dónde me había ido.

La gente está viva

A mí también me gustaba Inés Larraqui. Y al igual que los Tefes, mi mujer y yo éramos amigos de los Larraqui. La amistad inicial, tanto de Tefes como mía, era con Diego, el marido de Inés.

Ricardo Tefes me había citado para contarme, finalmente, cómo era en la cama Inés Larraqui. Desde hacía años nos burlábamos del progresismo del matrimonio Larraqui y elogiábamos las tetas y el cuerpo flexible de Inés. Durante largo tiempo habíamos aguardado el momento en que alguno de los dos le relataría al otro la escena real, que tenía tanto de cataclismo como de milagro.

Aguardaba con ansiedad a Tefes, es un buen contador de historias y no ahorra detalles cuando se trata de sexo. Es un narrador pornográfico; de los que prefiero. Detesto el erotismo o las sutilezas en las conversaciones sexuales entre amigos. No me desagradan los detalles sórdidos ni los violentos.

Nos encontrábamos en el café Todavía, en la esquina de Junín y Rivadavia. Para mi asombro, el rostro de Tefes, cuando llegó, no expresaba triunfo sino desconcierto.

—¿No pudiste? —pregunté asustado.

—Me la cogí, me la cogí —me tranquilizó Tefes.

Pero en su mueca persistía un dejo de extrañeza, de cierta amargura.

—¿Algún problema? —pregunté.

—No, no —dijo sin convencimiento—. ¿Te cuento?

Asentí.

—Bueno —comenzó Tefes—. Vino ayer a las dos de la tarde, con el hijo.

—¿Con Nahuel? —pregunté.

—Con Nahuel —confirmó Tefes.

—Qué torpeza —dije acongojado.

¿Por qué se casa la gente? ¿Por qué tienen hijos? ¿Por qué tienen amigos? Si yo fuera feliz, me encerraría en un refugio con mi familia y no permitiría entrar a nadie. Nahuel era lo mejor que tenían los Larraqui. Un chico de ocho años, sorprendentemente inteligente y dulce. Si alguna vez nos cohibíamos, con Tefes, respecto a nuestros más ardientes comentarios sobre qué haríamos con Inés Larraqui, no era por nuestro amigo en común, Diego, sino por Nahuel.

Cuando cenaba en lo de los Larraqui —y con mi esposa lo hacíamos como mínimo dos veces por mes—, mi único consuelo era Nahuel. Mientras los adultos conversaban estupideces, yo jugaba a los videos con Nahuel y escuchaba sus acertados comentarios. Dos motivos me impedían cortar toda relación con los Larraqui: la profunda amistad que se había establecido entre Inés y mi esposa; y mi esperanza, nunca apagada, de acostarme alguna vez con

Inés. Nahuel era el más fuerte aliciente para cortar toda relación con ellos. Por preservarlo.

Los hombres débiles casados con mujeres hermosas no deberían tener amigos. Deberían aceptar el regalo primero del destino, la mujer, y renunciar a las amistades masculinas. Salvo con hombres más débiles y con mujeres más hermosas.

¿Qué le depararía el futuro a Nahuel? Inventaba todo aquello que no sabía: describía con lujo de detalles cómo era posible que aparecieran las imágenes en la pantalla del televisor, cómo sobrevivían los peces bajo el agua, qué mantenía girando al mundo. Yo podía escucharlo durante horas. Cuando por algún motivo debía llamarlos por teléfono y atendía Nahuel, le dedicaba la mayor parte del tiempo del llamado.

Tefes me estaba contando los detalles, nada destacables, de su ronroneo con la Larraqui. Una vuelta aquí, otra por allá; ni sometimiento ni forcejeos. Ni un acto de los que siempre habíamos hablado.

—Esas cosas se dicen para calentar el ambiente entre amigos —me dijo Tefes—. Pero no se hacen.

—¿Y Nahuel? —pregunté.

—Bueno, vos sabés: Inés había venido a casa a estudiar unos nuevos mapas.

Tefes e Inés eran profesores de geografía, y los seis nos habíamos conocido en el profesorado. Mi esposa e Inés trabajaban en la misma escuela; Tefes, Diego y yo en otra. La esposa de Tefes enseñaba en el instituto de la Fuerza Aérea.

—Cuando la vi caer con Nahuel, pensé que no pasaba nada. Máxime, cómo se portó el pibe. Un quilombo bárbaro. No paraba de hacer lío. Nunca lo vi así.

—¿Intuía algo? —pregunté.

—No sé. Pero eso pensé yo.

—¿Y cómo los dejó tranquilos para que pudieran llegar tan lejos? Si estaba revoltoso...

—Eso fue lo peor.

—¿Qué?

—El chico estaba más que revoltoso. Gritaba, se puso a llorar... Entonces Inés le dio un calmante.

—¿Un calmante, al nene?

—Sí.

—¿Estás seguro? ¿No habrá sido una aspirineta o algo así?

—Un calmante. Lo sé porque lo sacó de mi botiquín. Un valium, de los que toma Norma.

—¿Y vos la dejaste?

En silencio, Tefes me expresó con una mueca que, aunque ahora avergonzado, en aquel momento había estado dispuesto a todo con tal de acostarse con Inés.

—Y después lo hicieron —dije.

—Sí, pero ya no fue lo mismo. ¿Sabés cómo te sentís mientras pensás que hay un chico dopado en el comedor? Se lo llevó dormido.

—Bueno, Tefes, me tengo que ir.

—Pero pará... si todavía no te conté nada.

—Ya me contaste todo —le dije—. Mal, pero me lo contaste.

—Es que no me das tiempo.

—Estoy envidioso. Prefiero irme.

—Che... —me dijo Tefes cuando yo ya me había levantado—. Que ni se te escape delante de tu jermu.

—Tranquilo —respondí yéndome.

Al poco tiempo cené en la casa de Inés, lamentablemente en una cena intermatrimonial. Inés estaba despampanante. Llevaba el pelo recogido hacia arriba, y un vestido negro, como de piel de delfín, adherido a su cuerpo inquieto.

Podía asegurarse que Tefes había sido su primera relación extramatrimonial, y había convocado a la ninfa agazapada entre los pliegues de su vida cotidiana. Mi esposa, Patricia, no podía terminar de esconder la sensación de escándalo que se le pintaba en la cara. Pero Diego no registraba el cambio. No descubría la mutación.

—Soy maestro —dijo Diego—. Y enseño ciencias. Pero no creo en la ciencia: hace cinco años que no pruebo ningún medicamento recetado por médicos.

—¿Y para qué vas a verlos? —preguntó ingenuamente Patricia.

—Todavía no pude despegarme del todo de la institución médica —dijo Diego—. Pero la voy a ir dejando de a poco.

—Pero si todos nos volcáramos a la homeopatía —intercedí—, fatalmente terminaría convirtiéndose también en una institución. Con sus autoridades y su código de conducta.

—¡Nunca! —exclamó Diego militante—. La homeopatía está basada en un concepto democrático:

vos compartís el saber de la cura. El paciente es también médico.

—Me hace acordar a Paulo Freire —dijo Patricia—. El educador es también el educando. Aprende del educando. Nunca pude comprender ese concepto. Si yo enseño matemáticas a un sexto grado, los chicos no saben una palabra del tema hasta fin de año. Realmente, lo máximo que llegué a aprender de mis alumnos es a esquivar las tizas.

Inés no hablaba. Parecía sumida en el recuerdo de su pecado. ¿O quizás en su interior se refocilaba una y otra vez en la cama de Tefes, con su hijo dormido en el living? ¿O planeaba nuevas aventuras, en las que mi protagonismo no era imposible?

—Uno aprende mucho de su alumno —dijo Diego—. Mucho más que él de vos.

—Pero si vos aprendés mucho más de tu alumno que él de vos —dije—, entonces él es el maestro, y vos, el alumno.

—Posiblemente —aceptó, un poco confundido, Diego.

—Y si él es el maestro y vos el alumno, continúa existiendo una relación vertical.

Diego Larraqui permaneció unos segundos confundido.

—Pero la institución... —comenzó a decir. Se interrumpió y recapituló—: Mirá el caso de Nahuel...

—No —habló por primera vez con decisión en la noche Inés.

—¿No qué, mi amor? —preguntó Diego.

—No involucres a Nahuel en tus teorías. No lo pongas de ejemplo.

—¿Dónde está? —pregunté.

—Durmiendo —me dijo Inés.

—¿Puedo verlo?

—En su pieza —aceptó Diego.

Entré sigilosamente en la pieza de Nahuel. A la veintena de dinosaurios crucificados con chinches en la pared más larga, se había sumado la foto de la última película de marcianos. Dormía con la luz encendida. Del techo colgaba el muñeco de otro marciano, de la misma película, con un arma colgada del hombro. Sobre la cabecera de la cama, la foto enmarcada de Nahuel bebé y su abuelo, el padre de Inés, a quien yo no había llegado a conocer. La respiración del niño era más que regular. Si el sueño fuera un estanque, podía decirse que Nahuel estaba hundido, con una piedra a los pies, en lo más profundo. Sospeché que el calmante narrado por Tefes, en su casa, no había sido el primero ni el último. Y con una concepción mágica infantil, supuse que si Inés había narcotizado al chico para acostarse con Tefes; el verlo así dormido me acercaba un tranco más a ser el próximo agraciado.

—Diego es un imbécil —me dijo Patricia—. E Inés no abrió la boca en toda la noche.

No contesté. Quería meterme en la cama y dormirme pensando en Inés.

—Lo que abrió es el escote —dijo Patricia—. Parecía una puta. ¿No se estarán volviendo locos?

—Siempre fueron los más normales —dije—. Es el más rápido camino hacia la locura.

Patricia rió y se me ofreció. Apagué la luz y pensé en Inés; luego dormí.

A la madrugada, me despertó Patricia. Inmediatamente pensé en Nahuel: en la tranquilidad con que dormía y en lo ligero que es el sueño de los adultos. Nunca volvemos a dormir así: nos cuesta conciliar el sueño y lo perdemos con facilidad. Sin embargo, recordé, Nahuel dormía bajo el efecto de un narcótico.

—Che... —me dijo Patricia—. ¿No te habrá querido levantar, Inés?

—Cuando nos conocimos —respondí, porque ya estaba preparado—, todas ustedes eran chicas excitantes; vos sos la única que lo sigue siendo. Pero si no ocurrió nada entonces, ¿por qué ocurriría ahora, cuando deberían comenzar a gustarme las chicas en lugar de las señoras?

—Cuando conocimos a Inés, estaba embarazada —dijo Patricia—. Y te puedo hacer una estadística de que el primer año posterior al parto debe ser el de menor índice de infidelidad entre las mujeres.

—Bueno, me quedaban cuatro años para encontrarme con una Inés joven y despampanante. Te puedo jurar que no me la encontré.

—¿Cuántos años pensás que tiene Inés?

—Sé que tiene cuarenta.

—No importa —siguió Patricia—. Cuando estas señoras se vuelven putas, son más peligrosas que las quinceañeras.

—Pensé que era tu amiga —le dije.

—Ya no lo sé —siguió Patricia—. Me molestó mucho lo de hoy.

Cerré los ojos e insulté a Inés. ¿Qué necesidad tenía de vestirse así? Insulté también a Diego: ¿por qué se lo permitió?

La cena había sido el miércoles, y el domingo me llamó Tefes. Quería ir a jugar al paddle de a dos, un sinsentido al que nos habíamos acostumbrado. Le dije que sí.

En el vestuario regresó al tema.

—Fue todo muy normal —me dijo.

—No le supiste sacar el jugo —dije groseramente.

—Qué sé yo. Tampoco es nada del otro mundo.

—No la viste el miércoles —dije—. Era algo de otro mundo.

Tefes no era un hombre apasionado. Quizá por eso había conseguido primero a Inés. La pasión nos entorpece y dificulta la concreción de nuestros anhelos.

—¿Qué me recomendarías para conseguirla? —le pregunté sin vergüenza.

—Esperar —dijo Tefes—. No mover un músculo. Es el tipo de mujer a la que le gusta caer sola.

Y agregó después de un silencio:

—¿Seguís molesto conmigo?

—¿Por qué? —pregunté.

—Porque dejé que lo dopara a Nahuel.

—No. Debo haber estado celoso, nada más.

—Es que... Cuando le dio la pastilla... Ella es la madre. Si yo le decía que no, no tenía por qué hacerme caso. Además, lo hace en su casa también.

—¿Cómo sabés?

—Me lo dijo. De nada hubiera servido que se lo impidiera esa vez.

—Terminemos con esto —dije.

—Busquemos otra —sugirió Tefes.

—Yo todavía no la conseguí —recordé.

—Igual podemos buscar otra —insistió Tefes.

Dos semanas más tarde, los Larraqui cenaron en casa. A Diego le había salido un viaje a la India: un intercambio cultural auspiciado por el sindicato de los docentes, del que era funcionario. Venía a contarnos y a despedirse.

La despedida de Diego era una bienvenida para mí. Inés no lo acompañaba. El felpudo en la puerta de su casa. Yo me limpiaría la suela de los zapatos en el umbral de su departamento.

En esta cena, Inés mantuvo las formas. Las de su cuerpo y las de la decencia. La mesa donde yo estaba sentado daba a nuestro balcón, y tras el vidrio de la ventana cerrada podía ver reflejada la nuca de Nahuel contra la noche.

¿Sabía Nahuel que su madre engañaba a su padre? ¿Le ocasionaría yo un daño irreparable si me convertía en el amante que pasaba por la cama de su madre? ¿Me convertiría en uno de los monstruos que poblarían sus pesadillas, sus sueños profundos de calmantes químicos para adultos? Como fuese, yo ya no podía evitar acostarme con Inés. Su cuerpo se me había tatuado en el corazón con la fuerza de un juramento. La veía y bullía. Nahuel se levantó de la silla y corrió por el pasillo. Aproveché que nadie me estaba hablando y lo seguí. Se había metido en nuestra pieza matrimonial. Cuando entré, presencié un espectáculo extraño. Nahuel estaba de pie, con los ojos cerrados, y movía la cabeza con desesperación. Además de los ojos, apretaba fuerte los labios, que casi desaparecían en su mueca. Los puños también revelaban tensión. Y la cabeza giraba a un lado y al otro, como si una idea terrible se agitara en su interior y no encontrara por dónde salir: los ojos estaban cerrados; la boca, clausurada y los puños, apretados. Me acerqué con cuidado y le detuve la cabeza con ambas manos.

Abrió los ojos.

—Nahuel —le dije en un susurro—, ¿qué pasa?

Me miró unos instantes en silencio, como un bebé.

—¿Qué pasa, hijo? —Yo no tengo hijos—. ¿Por qué te movés así?

—La gente está viva —me dijo Nahuel.

—¿Qué?

—En esta casa, la gente está viva.

—Sí —le respondí—. Estamos vivos. Vos estás vivo, yo estoy vivo. Claro que estamos vivos.

—No me gusta —dijo Nahuel.

—A ver, contáme.

—No me gusta la gente viva.

—¿Estás jugando? —le pregunté.

Nahuel sacó su cabeza de entre mis manos y regresó a la mesa. No quería que le siguiera preguntando.

La cena concluyó y Nahuel se comportó como un caballero.

Por supuesto, no le di a Patricia un solo detalle de la descompostura de Nahuel. Estaba convencido de que narrar el bizarro episodio podía, de algún modo lateral e inexplicable, anunciar mis intenciones, cada vez más cercanas a los actos, para con Inés. Ni con Inés ni con Diego estaba dispuesto a compartir aquellos dislates de su hijo. Cualquier movimiento desacertado podía alejarme de Inés; y una circunstancia tan favorable a mis deseos, el viaje de Diego, podía no volver a repetirse.

De modo que protegí mi incidente con Nahuel en un monólogo interior que arrojó como conclusión la idea de que los calmantes lo estaban volviendo loco. Quién sabía cuántas veces la madre lo había hecho dormir con píldoras pesadas, y qué efectos tenían éstas en el cerebro del niño. A medida que avanzaba en mis deducciones, más y más me alejaba del cariño por Nahuel. Ahora que finalmente había decidido acostarme con su madre a contrapelo de toda consecuencia, la culpa por Nahuel mutaba a un placer escandaloso y perverso. Me arrojaría sobre Inés ante los ojos cerrados de su hijo. Practicaría sobre ella piruetas inconfesables mientras su hijo dormía en la habitación de al lado y el marido conversaba en la India con los gurúes de la homeopatía.

Después de una semana buscando subterfugios para encontrarme con Inés —y dos semanas antes de que regresara Diego—, me llamó. Su propuesta fue curiosa y atrevida.

El miércoles por la noche, cuando la esposa de Tefes la convocó, junto a Patricia, para una cena de mujeres solas en un shopping, Inés fingió gripe y que esperaba un llamado de Diego. Me llamó y me preguntó si quería pasar por su casa para aconsejarla acerca de no sé qué enfoque epistemológico de la enseñanza de la geografía. Contesté que sí de inmediato. Llamé a Tefes y le pedí que se fuera de su casa y dejara una nota diciendo que estaba jugando al paddle conmigo. Hice lo propio, recogí mi raqueta, mi ropa de paddle y tomé un taxi. En el viaje, di un orden de prioridades a cada una de las necesidades que me provocaba Inés.

Me atendió vestida como cuando habíamos ido a cenar a su casa. Nahuel apareció en el living y me saludó. Inés se apartó de mí con un respingo.

—Hoy dormís en la cama de mamá —le dijo.

Nahuel sonrió.

La miré sin comprender. Me las arreglé para que Nahuel se quedara solo en su pieza, e Inés me explicó:

—Prefiero que duerma en mi cama. Los cuerpos dejan olor en el colchón. Si nos acostamos en la cama de Nahuel, Diego no lo va a notar.

Yo no había dicho una palabra, no había intentado un movimiento. Inés estaba anunciando y ejecutando, segura de mis deseos y decidida en los suyos.

—Habrá que dormirlo —me dijo.

—Esperemos a que se duerma.

—Es que no se duerme más —respondió Inés con incipiente fastidio ante mi reparo—. Y vos tenés que irte temprano.

—No importa —insistí.

—¿Querés irte ahora? —me preguntó.

Dudé unos segundos. La besé.

—Esperá que lo duermo —me dijo.

No pude contradecirla. Como a Tefes, su embrujo me complicaba en lo que ella quisiera. Aceptaría que durmiera a su hijo con una pastilla sedante para adultos. Yo también sería un cretino.

Entró en el baño, salió y entró en la pieza de Nahuel. La seguí.

—Inés... —le dije.

Giró hacia mí.

—Traéme un vaso de agua —me pidió.

Fui al baño y regresé con un vaso de agua.

Después de todo, sólo sería una vez más. ¿Acaso si le impedía doparlo hoy evitaría que lo siguiera haciendo en el futuro? Definitivamente no. No lo dopa para acostarse conmigo, me dije, lo dopa siempre.

Le entregué el vaso de agua y salí de la pieza. Nahuel me miró con un gesto en el que se mezclaban el susto y la desconfianza.

Aguardé unos minutos en el living, tomé un portarretratos con una foto de Diego, parado en la nieve, alzando unos esquíes con cara de imbécil.

«¿Por qué te hiciste amigo mío?», le pregunté nuevamente. «¿Por qué te casaste con Inés?» «¿Por qué permitís que le hagamos esto a tu hijo?» En un momento sentí que le estaba hablando a Dios. A menudo los creyentes creen que Dios nos castiga por nuestros pecados, yo estoy convencido de que su castigo es permitirnos cometerlos.

Inés salió de la pieza de Nahuel sin el pantalón. Con Nahuel en brazos. Lo dejó sobre la cama de la pieza matrimonial y cerró la puerta.

Por encima de la bombacha, le asomaban los mejores pelos del pubis. Ésa era la palabra. Ahí estaba todo. Uno descubría por qué había entregado su alma y aceptaba estar en lo correcto. Todos los lazos morales entre los hombres se llamaban a silencio: eso era definitivamente malo y dulce.

Me arrojé sobre ella y caímos en el sofá.

—En el sofá, no —dijo.

Se levantó y me dio la espalda. Sus nalgas eran un monstruo marino, secuestraban la mirada humana y sumergían al hombre en un agua respirable y viciada.

Nuevamente caí sobre ella, la puse boca abajo contra la alfombra, le bajé la bombacha y forcejeé. Me dijo que no. Insistí sin escucharla. Repitió el no. Me guié con la otra mano. Entonces, se zafó hábilmente de mi abrazo, quedó acostada de frente a mí, y con un envión que no sé cómo consiguió me dio un golpe fortísimo con el puño derecho en el ojo. Sentí el impacto, y tardé unos instantes en descubrir que había sido golpeado. Ella estaba parada a mi lado, mientras yo me palpaba el ojo izquierdo.

—Vamos a la cama de Nahuel —me dijo.

La seguí, todavía frotándome el ojo.

Se acostó boca arriba en la cama, y me invitó a subirme a ella. Mi cara quedaba frente al rostro del padre de Inés, que, pálido y con un gesto congelado, sostenía a Nahuel en brazos.

Inés se rió antes de comenzar.

—Qué piña te pegué —dijo mirándome el ojo.

No respondí. En cambio dije:

—¿Voy a hacerte el amor mirando a tu padre a la cara?

—No tengo ningún límite —dijo Inés, cayendo por primera vez en un lugar común—. Y no vas a hacerme el amor. Empezá.

Y empecé.

—No tengo ningún límite —repitió Inés.

En el taxi, no había suficiente luz como para mirarme. Y porfié tantas veces con el espejo retrovisor, que finalmente el taxista me preguntó si necesitaba algo.

—Nada, nada —dije.

Recién en el pasillo de casa pude mirarme.

Tenía un redondel amarillo, que iba variando de colores a medida que se alejaba del centro del ojo, como un arco iris infectado. La ceja estaba totalmente hinchada, y los pelos parecían desperdigados, raleados, no cubrían la superficie. La pupila misma se me había achicado, y el ojo parecía como escondido en una cueva mal hecha. No podía cerrarlo ni abrirlo.

Por suerte el paddle justificaba heridas como ésta, especialmente cuando se jugaba de uno contra uno.

Miré el reloj para ver si podía avisarle a Tefes que confirmara mi historia. Pero ya eran más de las doce. Sin embargo, era más o menos la hora en que ambos deberíamos haber regresado del juego.

Salí a la calle y caminé una cuadra hasta el teléfono público. Llamé a lo de Tefes y me atendió Norma.

—Hola, ¿cómo estás? —pregunté—. ¿Ya llegó Ricardo?

—Me acaba de llamar para decirme que iban a tomar algo —respondió extrañada.

—Sí —dije insultándome—. Pero me dijo que si hacía tiempo pasaba primero por ahí a buscar plata...

—¿Si hacía tiempo para qué? —preguntó Norma.

—Él tenía que ir a buscar unas evaluaciones cerca de tu casa, y yo le pedí que de paso pasara y me trajera un libro que le presté —tartamudeé.

—¿A esta hora va a pasar a buscar evaluaciones?

—Sí, son unos maestros jóvenes que se quedan laburando hasta tarde.

—Bueno, si no pasa por acá, decíle que me llame.

—Hecho —dije, y colgué.

Había arruinado todo. Mi vida y la de los demás.

Subí a casa en silencio, rogando que Patricia estuviese durmiendo.

—¿Cómo te fue? —me preguntó cuando abrí.

«Y además de permitirnos cometerlos», me dije, «nos castiga».

Al mediodía, llamé nuevamente a Tefes. Atendió Norma. Habló sin ganas y con medias palabras. Le pedí que le dijera a Ricardo que me llamara.

Cuando dos horas después me llamó, antes de atender sabía que era él, sabía que estaría enojado y sabía dónde estaba cuando le dijo a su mujer que se iba a tomar algo conmigo después del falso paddle. Si inventas con un amigo un sitio falso a donde ir, me dije, procura que ambos inventen el mismo.

—¿Te pusiste celoso? —me preguntó ofuscado.

—No podía saber que ibas a ir a lo de Inés justo un minuto después de que yo salí.

—¿Te pusiste celoso, mal parido? —insistió realmente iracundo—. ¿Cómo me vas a denunciar así con mi esposa? ¿Te volviste loco? ¿Qué querés, que le cuente todo a Patricia, ahora?

—Tefes..., pará. No lo hice a propósito. Yo no podía saber. Realmente, no podía saber.

—¿Pero vos sos imbécil? —me preguntó; y me vi como Diego, el marido de Inés, levantando los esquíes, sonriendo como un idiota, parado en la nieve—. Si me pedís que diga que salí con vos, ¿cómo vas a llamar a casa para preguntar por mí?

Permanccí unos instantes en silencio. Comprendiendo cada vez mejor que efectivamente yo era un imbécil, que era muy distinto de como había creído que era. Comprendí, en escasos segundos, que sólo los ladrones están capacitados para robar y sólo los adúlteros están capacitados para ser adúlteros. Tefes era un adúltero, yo era un imbécil.

—No sé qué decir —dije—. ¿Podemos encontrarnos?

—Nunca más —dijo Tefes.

Corté.

En las siguientes semanas todo cambió. Mi matrimonio permaneció. Ricardo y Norma Tefes, luego de lo que supe fue una disputa terrible, decidieron permanecer unidos. Y Diego se volvió loco en la India.

Llamó Inés y me dijo que Diego había tenido un brote psicótico. Sus colegas la habían llamado y explicado, no muy claramente, que Diego había comenzado a asistir, por su cuenta, a unas clases dictadas por un «maestro» hindú sobre la reencarnación. Había concurrido a dos o tres clases, y en la última se deshizo en gritos desaforados. Le pedía perdón a Dios, agarraba de la ropa a la gente, pedía limosna en el medio del aula como hacían los mendigos en las calles de la India. Se volvió loco.

Lo traían medicado, de emergencia, acompañado por dos colegas y un enfermero indio especialmente contratado, en el vuelo del viernes. Inés me contó esto el miércoles.

Patricia ya lo sabía, y también por ella me había enterado unos días antes de la pelea y reconciliación entre los Tefes.

—Le dije a Norma que la culpa es de la puta —me dijo Patricia olvidando todo su progresismo y compromiso con la cultura feminista occidental—. Es difícil que un hombre a la edad de ustedes pueda resistirse a una invitación así. Es muy puta. Yo te admiro por haber aguantado. Realmente quería acostarse con vos; yo te lo hubiera perdonado. Le dije a Norma que lo perdone. Lo realmente lamentable es que se haya roto todo el grupo. A la puta no la vemos más, seguro. Pero nos va a costar un buen tiempo volver a mirarnos a la cara con los Tefes.

Lo que supe de Diego, me lo contó el mismo Diego en las últimas horas que pasó en su casa matrimonial.

Había llegado el viernes, efectivamente, a las doce de la noche. El sábado al mediodía estaba mucho mejor, y tomaba litio para estar seguro de no descompensarse. Nos vimos el sábado a las cinco de la tarde, cuando comenzaba su mudanza.

—Esto me curó de la homeopatía —me dijo—. Para bajar del brote, ni soja ni flores de Bach. Un medicamento con receta, bien químico, y me salvó la vida. No sabés qué feo es. ¿Qué te pasó en el ojo?

—Jugando al paddle.

El mismo sábado al mediodía Diego había decidido separarse y yo no me animaba a preguntarle por qué. Inés no había opuesto resistencia. Le había dejado la casa para que se llevara sus cosas, y Diego me llamó para que lo ayudara.

—¿Qué pasó? —pregunté finalmente, para no pecar de excesivamente reservado.

—Vení —me dijo.

Me llevó a la pieza de Nahuel.

Entré con temor reverencial, como quien ingresa en un templo profano.

Me señaló el cuadro del padre de Inés con el bebé Nahuel en brazos.

—¿Qué? —pregunté temblando.

¿Había alguna marca? ¿Mi reflejo había dejado una huella en el vidrio que protegía la foto?

—¿Qué? —insistí.

—Mirá bien al viejo. Al padre de Inés.

Lo miré sin entender.

—Está muerto —me dijo Diego.

—¿Qué?

—El hombre, el abuelo de Nahuel, el padre de Inés. En esa foto está muerto. Le pusimos al chico en los brazos. Inés quería tener una foto de Nahuel con su padre. Puso a Nahuel en brazos del abuelo embalsamado.

No hablé.

Diego salió para la pieza matrimonial y lo seguí. Se paró encima de una silla, abrió los compartimentos más altos del placard y comenzó a tirar álbumes de fotografías encuadernados en cuero. Eran álbumes antiguos, algo solemnes, rectangulares, con gruesas hojas de cartón separadas por papel manteca, y las fotos pegadas con cuatro pedacitos de autoadhesivo. Nahuel, a distintas edades, en brazos de su abuelo muerto. Eran muchas fotos.

—Le decía que nosotros éramos una familia de muertos. Especialmente ella, su padre y él. Yo era mixto —dijo sin entonación. Y agregó—: Yo se lo permitía.

Lo escuché en silencio, casi aprobándolo, entendiendo que lo hubiese permitido a cambio de Inés.

—Por suerte me broté. ¿Soy un hijo de puta, no? Haberla dejado hacer eso. ¿Soy un hijo de puta?

—No —dije—. Ya está. Se terminó. Te diste cuenta.

—¿Y qué voy a hacer con Nahuel, ahora? Le tengo que quitar la tenencia. Está loca. Es peligrosa.

Me froté el ojo y, no sé por qué, mentí:

—Está loca, pero no creo que sea peligrosa.

—No la conocés —me dijo—. Cómo pude... Creo que de verdad está muerta. No siente nada. El problema lo tenemos nosotros.

—Los vivos —agregué.

¿Desea realizar otra transacción?

Ese día hacía dos años y un mes que mi hijo Julián había muerto.

Todos los días (todas las horas, todos los minutos) pienso en él. Pero cuando entro en los cajeros automáticos, pido por él. Pido que regrese a esta tierra. A esta tierra de desdichas, de llantos, de vaguedades; pero la única en donde pudimos ser padre e hijo.

La gente (esas personas a las que no se les ha muerto un hijo) dice que la tecnología avanza por sobre el espíritu, avasalla el alma.

Creo que están equivocados. El cajero automático, por ejemplo, es un oráculo. Cuando el cajero, al finalizar mi retiro semanal de dinero, me pregunta: «¿Desea realizar otra transacción?», yo contesto apoyando la mano: «Sí, deseo regresar al momento previo a subir a Julián al ómnibus». Permanezco unos segundos y me voy sabiendo que al menos tengo dónde pedir un deseo. Por el papel donde me arrojan el estado de mi saldo, cuento los días que llevo sin ver a mi hijo.

El alma no existiría de no ser por el cuerpo. El alma necesita del cuerpo para expresarse; y la tecnología es el avance de la materia hacia una mayor expresión del espíritu: el aire acondicionado (manejar los vientos, como Drácula), las heladeras de frío seco, las computadoras, nos sumergen en un mundo de magia y misterio, primitivo. El ascetismo limita las posibilidades de expresión del alma. La tecnología las potencia.

El azar es opuesto a la tecnología, es opuesto al alma. Que un ómnibus cargado de chicos de doce años se desbarranque, que suba como una rampa el cordón metálico de la ruta, se alce en el aire, caiga más allá de la banquina y muera sólo un chico, es una clara obra del azar.

Eran veintidós chicos de doce años, y murió uno solo. Al caer el micro sobre sus cuatro ruedas, todos salieron disparados hacia el techo, pero sólo a Julián se le incrustó el pequeño proyector de luz en el cráneo.

Tuve que hacer una pausa. Estoy agitado. Expresar de este modo crudo la muerte de mi hijo me agota. Estoy acostumbrado a describirme de este modo el episodio: pero con el tiempo, el odio se acrecienta.

Es una suerte poder hablar con uno mismo. Una suerte poder pensar.

El pensamiento es la tecnología del hombre. El cuerpo, fácilmente vulnerable, es el azar. Pero el pensamiento es tecnología. El pensamiento es silencioso y discreto. Puedo pensar: «Por qué no habrán muerto uno o dos chicos más». Que no muera ninguno o que muera por lo menos alguno más. No ser el único padre distinto en esa fiesta de niños que se salvaron del accidente. No tener que soportar las muecas de señores intentado entristecerse, acariciando a sus hijos ilesos o levemente heridos.

Mi mujer ha sido más sincera que yo. Desde entonces, no sale ni habla. Siente vergüenza.

—Murió Julián —dijo—. Ahora soy un monstruo.

Hacía dos años y un mes de la muerte de Julián cuando me encontré con Recalde. Yo salía del cajero y Recalde me llamó por el apellido.

—¿Sos vos? —me preguntó entrecerrando los ojos, preguntando con las cejas—. ¿Sos vos?

Asentí, moviendo la cabeza lentamente. Recalde era un compañero del secundario.

—¿Sabés que hace un rato nada más estaba pensando en vos? ¡Qué increíble!

En los últimos treinta años nos habíamos visto unas dos o tres veces.

Para su casamiento me mandó una participación. Y creo, ya no recordaba, que en una ocasión nos habíamos reunido todos los viejos amigos del secundario.

—¡No me digas que vos también sacás plata de este cajero! —me dijo—. ¡Qué increíble!

Estaba alegre y rejuvenecido. Yo me dejaba palmear, y aceptaba francamente, aunque en silencio, su camaradería.

—Si me esperás un segundo —dijo—, hago un
etiro y nos reunimos con mi mujer. Está acá a dos
cuadras.

—De acuerdo —logré hablar.

Lo esperé tras la puerta transparente. Salió. Me
palmeó una vez más y caminamos por la avenida
hasta la confitería donde lo aguardaba su mujer.

Silvia, así se llamaba, se definía en la primera
impresión: era fea. Su cuerpo y su piel tenían algo
de blando, de derretido. Yo era especialmente lábil
a la belleza de las mujeres: mi mujer ya no dormía
conmigo y las mujeres definitivamente feas me tran-
quilizaban. La muerte es lo que queda en las personas que amaban al muerto. Eso y nada más es la
muerte. Esa marca que queda en el corazón y en el
cuerpo del que entierra al ser amado.

Recalde hizo la charla amena. Y Silvia era ama-
ble y simpática.

Recalde me recordó uno por uno los compañeros y amigos del secundario. Me habló de sus hijos.

—¿Y ustedes, che, cuántos pibes tienen?

Contesté de inmediato:

—Ninguno.

Me parecía una falta de respeto decir, en esa
charla amistosa:

—Teníamos uno, pero se le clavó un velador de
ómnibus en el cráneo.

Como fuera, mi respuesta no daba lugar a comentarios ni preguntas incómodas: a nuestra edad,
si no habíamos tenido hijos, no cabía más que un
silencio comprensivo. Sólo alguien muy íntimo o
muy desubicado podría preguntar «¿y no pensaron

en adoptar?», y Recalde no ocupaba ninguna de las dos categorías.

Si en alguno de nuestros anteriores encuentros por boca de otro o mía, se había enterado de la existencia de Julián, tampoco tenía el tipo del mamerto que puede repreguntar. Y, finalmente, yo no estaba mintiendo. Yo ya no tenía ningún hijo. Alguna vez pensé, jamás se lo comenté a nadie y menos aún a mi esposa, qué hubiera sido de nuestra vida de haber tenido Julián un hermano. Pero Julián tiene un hermano gemelo: su recuerdo. Y esa presencia no hace menos horrible mi vida.

La conversación con Recalde no duró mucho más. Habíamos intercambiado teléfonos y prometido llamarnos, como en cada uno de nuestros escasos encuentros. Tampoco esta vez nuestros respectivos teléfonos eran los mismos. Pero, a diferencia de todos los anteriores encuentros, a mí se me había muerto un hijo y a él no.

Cuando llegué a casa, Delia estaba sentada en el sillón frente al televisor apagado.

—A qué no sabés con quién me encontré —dije. Delia no contestó.

—Con Recalde —agregué, caminando hacia la pieza.

Ahora yo dormía en la pieza de Julián, en un colchón en el suelo. Le hice creer a Delia que tomaba esa pieza a la fuerza, para respetarle su necesidad de estar sola; pero en realidad soy yo el que no soporta dormir al lado de ese cuerpo vencido.

Junté las manos bajo la nuca y cerré los ojos. Repasé uno a uno los nombres que me había recordado Recalde. Intenté armar nuestra foto de quinto año. Incluso tuve el impulso de buscarla por la casa. Mariana Develop. El pelo rubio y la cara oscura. Una tez bronceada bajo un pelo amarillo luminoso, un rancho. Un rancho donde detenerse luego de un viaje por el desierto, y preparar un asado, alguna infusión; beber un vaso de agua fresca de pozo. Mariana Develop. Hacía esquí. Una vez me pidió un machete y se lo arrojé. Anoté la respuesta en un papelito y se lo tiré. Cayó al suelo y no lo encontró. Cuando terminó la clase, tampoco yo lo encontré. Lo buscamos un buen rato.

—No me tiraste nada, mentiroso —me dijo.
—Te juro que sí —le dije.
—No importa — dijo ella.

Fue un verdadero misterio. El papelito no apareció.

Decía: «1755», que era el año en que un terremoto feroz había asolado y marcado para siempre la ciudad de Lisboa. «Lisboa» es un derivado árabe y romano de Ulissipo, que fue el nombre con que los fenicios llamaron a la ciudad. Yo sospechaba que la llamaron así en referencia a Ulises: o bien para homenajearlo, o bien porque la ciudad había tenido alguna importancia en su largo peregrinar. Pero era una pura sospecha. En el papelito que desapareció, yo le había escrito a Mariana, solamente, con certeza, 1755.

Descubrí, como quien se golpea la cabeza, que había estado casi un minuto pensando. Había hablado conmigo mismo de otra persona que no era Julián. Esta nueva situación fue tan sorpresiva que no hice a tiempo de detenerla. Mariana. En una clase de cajón y colchoneta la vi saltar con un bombachón negro y rozar levemente el cajón; temí que se lastimara. Mariana. En el viaje de egresados, sentados a dos asientos de distancia, ella caminó por el pasillo del ómnibus hasta mí: me preguntó si quería jugo, le agradecí, bebí un sorbo, ella me observó con un gesto de picardía, un mohín, como si hubiera algo erótico en estar bebiendo a su lado. La vi irse, vi sus piernas, se sentaba junto a Recalde.

Atravesé la noche en un sueño blanco y ni bien desperté —Delia aún dormía— llamé a Recalde.

Me atendió el contestador automático.

Saludé y dejé grabado mi apellido.

Pasé el resto del día en el local. Reparé yo mismo dos televisores y dejé otros tres a los técnicos. Un muchacho de menos de veinte años me trajo un equipo de música antiquísimo, sin compact disc. Vestía a lo moderno, con el pelo rapado a la izquierda y largo a la derecha.

—¿Qué querés hacer con esto? —le pregunté.

—Arreglarlo —me dijo.

—¿Arreglarlo? —pregunté extrañado—. No tiene compactera... y no sé cómo puede llegar a sonar.

—En casa tengo un montón de discos y casetes de mis viejos —me dijo.

—Te conviene comprarte un equipo nuevo —le dije.

—Prefiero arreglar éste.

—Los clientes mandan —dije mirando el equipo.

Cuando el pibe dejó el local, descubrí que el equipo tenía un casete puesto.

Recalde me contestó el llamado esa misma noche.

—Qué suerte que me llamaste, che.

Yo lo había llamado movido por el impacto del recuerdo de Mariana. Ahora ya no sabía de qué hablarle. Lo había llamado como se utiliza a un médium para tantear el pasado.

—Yo también me quedé con ganas de hablar —siguió.

—Qué bueno —dije.

Yo había llamado primero, algo tenía que decir.

—¿Qué te parece mañana a la tarde en la misma confitería? —propuse.

Arreglamos un horario y dijo:

—Hecho.

Cuando colgué, Delia me sonrió y me preguntó si quería un té.

Le dije que sí, entusiasmado y agradecido.

Una hora más tarde, mientras miraba la tele, me trajo un vaso de agua hervida. Busqué en sus manos el saquito de té, y no lo vi. Se fue a su habitación.

Me levanté y busqué un saquito de té en el armario de la cocina.

En la confitería, Recalde estaba aun más joven. Igual de locuaz, pero gesticulaba con nueva gracia. Sus movimientos eran frescos y alegres.

Arriesgué para mis adentros que su rejuvenecimiento se debía a la ausencia de Silvia.

—¿Y tu esposa, che? —pregunté sin querer, sorprendiéndome de mi capciosidad.

—En casa —dijo sin más.

Se palpó los bolsillos.

—Che, no tengo guita. ¿Pagás vos y me acompañás al cajero?

—Puedo pagar y punto —le dije—. Son dos cafés.

—Ah, pero yo la quiero seguir. ¿Vamos a comer pizza, no?

Pagué y lo acompañé al cajero sintiéndome un imbécil. ¿Para qué lo había llamado? ¿Por qué lo molestaba? Él era una persona a la que no se le había muerto un hijo..., ¿qué tenía que hacer a su lado? Pertenecíamos a dos especies distintas. No podía nacer una amistad. Pero decidí que mi castigo por esta absurda intentona sería sufrir el encuentro hasta el final, asfixiarme con la pizza, cuyo solo pensamiento me descomponía, y pensar que el estar frente a un hombre normal aceleraba el proceso del germen de mi monstruosidad.

Me hizo entrar con él al cajero, y mientras sus dedos marcaban la cifra clave de acceso (que aun sin verla claramente, sólo por el movimiento de los dedos, me resultó vagamente familiar), me dijo:

—Se me ocurrió una idea bomba, che. ¿Sabes que tengo un country? Quiero decir, una casa en un country. Pensé en reunir a todos los muchachos. Toda la gente de la promoción de quinto año. Recibirlos con mi esposa en la casa del country... que venga cada uno con su familia, qué te parece.

—Bárbaro —dije, y pensé: «Yo puedo llevar a mi esposa, que es una plasta, y a mi hijo...».

Y un golpe en el estómago me obligó a salir de la cabina.

—¿Qué te pasó? —salió detrás de mí Recalde—. ¿Qué te pasó?

—No sé —le dije—. Perdonáme. Una puntada. Creo que soy medio claustrofóbico.

—Pará que agarro la guita.

El gesto me conmovió. Había salido tras de mí sin esperar a recoger el dinero que ya estaba por comenzar a sacar la máquina.

—Che —le dije sincerándome—. ¿Lo de la pizza lo dejamos para otro día?

—Por supuesto —me dijo—. Pero dejáme que te lleve a tu casa.

Subimos a su auto. En el camino me habló de la fiesta en el country. Sería un asado de antología, un hito en la historia de la carne a la parrilla.

—Te espero, entonces. Este domingo.

—¿Este domingo? —dije sorprendido.

Yo sabía desde el principio que no iría, pero la autoconfianza de Recalde me sublevó.

—¿Cómo vas a hacer para juntar a todos?

—Eeeh, papá sabe —me dijo—. Tengo contactos.

Sacó una tarjeta de su bolsillo trasero.

—Acá tenés —me dijo.

Era el teléfono y la dirección de su casa en el country, y el mapa para llegar.

—Ruta dos derecho —me dijo—. Con ese mapa no te podés perder. Vénganse el domingo lo más temprano que puedan.

Delia estaba dormida, boca abajo, sobre el sillón. La alcé en mis brazos y la llevé a su dormitorio. Cuando la estaba dejando sobre la cama, se le abrieron los ojos con violencia, como si alguien estuviera agrandándoselos; y me pareció que tenía las pupilas secas.

Pero no despertó.

Me dejé caer en el colchón de mi pieza y pasé la noche con los ojos abiertos, y despierto.

—Ismael —me dijo Juan, el más nuevo de los técnicos, mostrándome un casete—. Estaba en la casetera del equipo viejo. No lo sabía. Probándolo, se me rompió la cinta.

—Qué macana —dije—. No te preocupés. No es culpa tuya. Dejámelo.

Tomé el casete y corrí hacia afuera cada uno de los extremos de su cinta rota.

—¿Y el equipo? —le pregunté.

—Va a funcionar —dijo confiado Juan.

Pasé la tarde intentando arreglar con cinta scotch el casete y pensando en que no concurriría a la fiesta en el country. Había guardado la tarjeta de Recalde en uno de los compartimentos de la billetera.

Pasé el casete varias veces, pero no llegaba a oírse nada inteligible. La cinta estaba muy arrugada, había que plancharla. Pensé en llevarla a casa, ya era tarde. Pero después decidí que mejor llevaba la plancha al local al día siguiente, así tenía con qué entretenerme.

En el camino, recordé lo vacío que estaba el armario de la cocina, por no hablar de la heladera. Paré en un supermercado 24 horas. Compré una buena cantidad de alimentos. Al sacar la tarjeta de crédito, se me cayó la tarjeta del country de Recalde. Me pareció un peligro. Otro día podía sacar la tarjeta del country de Recalde y que se me cayera la de crédito. De modo que la dejé tirada.

Cuando salía, cargado, del supermercado, la cajera me dijo:

—Ey, señor, se le cayó esta tarjeta.

—No importa —dije—. Tírela.

Delia no estaba en casa.

No tuve que buscar mucho porque estaban todas las puertas abiertas, la del baño, la de la cocina, la de su pieza, la del balcón.

Salí al balcón. Las dos chinelas de Delia estaban junto a la reja.

Primero me acuclillé junto a las chinelas. Después, me senté. Tomé una. Pensé en la tarjeta de crédito. ¿Era tecnología o era frivolidad?

Sentía el alambre del enrejado contra una parte especialmente sensible de mi cabeza.

—¿Qué estoy esperando? —me pregunté.

Me puse de pie y miré más allá de las rejas. Nada.

Sonó el portero eléctrico.

—Ya está —dije en voz alta.

Atendí.

Era Delia. Su voz me asustó tanto que solté el tubo del portero eléctrico.

El tubo golpeó contra la pared, y apreté con insistencia el botón de abrir.

Entró con su propia llave.

—Fui a cortarme el pelo —me dijo.

«Los muertos regresan con el pelo bien cortado», pensé. En realidad le quedaba muy bien.

El jueves arreglé una videocasetera que pasaba las películas más lentamente que lo que debiera. Y la cinta del otro casete, por más que la planché, seguía emitiendo sonidos molestos e incomprensibles. Juan me dijo que el equipo ya estaba OK. Esperaba poder componer el casete antes de que el chico viniera a buscarlo.

Esa noche, Delia agregó, a su nuevo corte de pelo, una pasada de maquillaje en su cara.

Me despertaron dos golpes en la puerta de mi habitación.

«Es Julián», pensé, «lo dejan salir de noche».

Delia entró en la habitación, no me preguntó si me había despertado, y pasó la noche conmigo.

La mañana y la tarde del viernes fueron insoportables. El ingreso de Delia en mi habitación desbordó todas las contenciones. Sufrí durante el día y tuve que pedirles a los muchachos que se hicieran cargo de todo, porque era incapaz de mover un tornillo. La cara y la risa de Julián.

«¿Y hay en el mundo suficientes mujeres para que todos podamos casarnos?», me había preguntado. Le gustaban los palmitos y los mejillones. Siempre que volvía de la colonia de vacaciones, lo esperábamos con una ensaladera de palmitos con salsa golf. Nada me gustó tanto en la vida como a él esos palmitos, excepto el hecho de verlo comiéndolos.

Le gustaba mucho más el fútbol de lo que sabía jugarlo, y, por poder arreglar televisores, siempre me consideró un mago insuperable.

Desde las siete de la tarde hasta las diez de la noche del viernes, lo pasé bebiendo ginebra en un bar. Llegué a casa borracho, Delia dormía.

Vomité, y dormí también yo.

Esa noche fue la más extraña de todas las que he contado. Vomitar me libró de la borrachera. Lo extraño fue la intensidad con que soñé a Mariana Develop.

Curiosamente, ahora que Delia había pasado la noche conmigo, mi deseo se duplicaba. Dicen los rabinos que es fácil evitar un pecado antes de cometerlo; lo difícil es no repetirlo. A Eva y Adán les hubiera resultado más fácil sustraerse a la tentación de la manzana que a nosotros, que ya conocemos su sabor. Y el reencuentro con Delia, lejos de apaciguar mi deseo, lo renovó. Soñé con Mariana de ese modo en que, al despertar, la desazón nos dura buena parte de la mañana.

El sábado a la noche lo llamé a Recalde, le dije que había perdido la tarjeta con el mapa y le pedí instrucciones.

Le dije a Delia que me habían invitado a un asado, y, como siempre, agregué que deseaba que me acompañara. No me defraudó: dijo que no.

En el viaje, en el colectivo 52 (desde entonces no manejo) me asaltó un pensamiento extravagante: «Si Mariana viene al asado, tal vez me salve».

No cabía duda de que yo estaba viajando hacia el country de Recalde con la sola esperanza de ver a Mariana.

Fueron dos horas largas hasta llegar a la localidad de Cardales. Y otros quince minutos a pie, hasta la casa de Recalde, por el interior del country, un desierto verde y ascéptico.

Cuando llegué, cerca de las doce del mediodía, sólo la mucama estaba en la casa.

—Los señores están jugando al tenis —me dijo—. Si quiere puede tirarse a la pileta —y señaló un rectángulo de agua transparente, agradablemente verdosa. Pero yo no tenía malla ni intenciones de mojarme.

—¿Quiere un vermut? —me preguntó.

—No estaría mal —acepté.

«¿Jugando al tenis?», pensé, sentado en una reposera sobre el pasto, frente a la pileta, mientras la mucama partía hacia la heladera en busca de mi bebida, «el tenis se juega como mucho de a cuatro; ¿tan poca gente vino, o no vino nadie? O tal vez vinieron ocho y todos saben jugar al tenis; o la mayoría sabe jugar y el resto mira. ¿Por qué no estoy pensando en Julián? Porque esta salida me distrae. ¿Llegué muy tarde?».

Vi llegar a Silvia.

La puerta de entrada quedaba a unos cincuenta metros de donde yo estaba sentado y la vi tocar el timbre, aunque ella no me vio a mí. Me levanté para saludarla. Vestía un equipo jogging de plástico plateado.

—Hola, Silvia —saludé, pero ya estaba entrando y no me oyó.

Tuve que allegarme hasta la puerta y buscarla en el interior de la casa. Era un palacio. Un hall majestuoso de cerámica oscuramente rojiza, una chimenea antigua y muebles imponentes. Parecía la casa de uno de esos magnates petroleros de las series norteamericanas.

Silvia le estaba pidiendo a la mucama que le prestara el decorador de tortas. Me agradó el modo humilde de dirigirse a su propia doméstica y esperé a que terminara de hablar para saludarla.

—Hola, Silvia —dije.

Giró con el pomo decorador de tortas en la mano y me miró extrañada.

—Hola —dijo algo cortada.

—Le estoy llevando el vermut —dijo la mucama.

—¿Se acuerda de mí? —le dije ya con miedo a tutearla.

—¿Amigo de José Luis? —dijo ella.

—Claro —dije al fin aliviado—. Nos conocimos en la confitería, al lado del cajero automático... ¿te acordás?

—Puede ser —dijo ella—. Puede ser...

Se retiró con el pomo, pensativa.

Yo regresé a mi reposera con las cortesías cumplidas; la mucama me aguardaba con el vaso de vermut helado en la mano.

«¿Cómo regresaría Julián?» Yo había leído *Cementerio de animales* mucho antes de que me ocurriera a mí. Pero no dejaba de pensar en un mundo real en el que los muertos resucitaran. Según la tradición judía, los justos muertos se levantarán de un torbellino de tierra, con un alma aun más pura y un cuerpo preparado para soportar la inmortalidad. ¿Cómo sería ese otro mundo? ¿Existiría el amor tal cual hoy lo conocemos? ¿La reproducción, la cena alrededor de la mesa? ¿Podría Julián en ese mundo darme un beso antes de salir para la escuela?

El vermut estaba en el fondo del vaso cuando entraron en tropilla, por el jardín, José Luis Recalde con sus cinco o seis invitados.

Siete, si contamos a Mariana Develop, que venía tomándolo de la mano.

Estaba Regueira, alto y bronceado, con el pelo renegrido y ni una entrada. A la esposa, en cambio, pelirroja, le faltaba el pelo que le sobraba al marido. Compensaba este contratiempo con una remera blanca bien levantada por adelante, y un pantalón corto del mismo color que no le iba a la zaga. En la misma línea militaba la Gerbaudo, una matrona ceñuda (¡genial matemática!, recordé) que traía como arrastrado a un flacucho con lentes a lo John Lennon, parecido a la raqueta que le colgaba de la mano. La séptima era Ingrid, blanca y joven, sola, fea de cara pero con una retaguardia que no dejaba alternativas. Recalde estaba sudado y enrojecido. Con su calva marginada por dos abundantes y canosas escolleras de pelo, y sus bigotes exuberantes, parecía un cocinero italiano que acabara de sacar, feliz, la cabeza de la olla de mostacholes *alla scarparo*. Mariana mejoraba mi recuerdo. En la foto, su belleza aún serpenteaba por entre sus indefinidos rasgos de adolescente. La cara, algo redonda de la foto, estaba ahora afilada, enmarcada en su cabello aun más rubio. Los senos que asomaban en la foto, eran ahora dos desafíos cálidos, imposibles de mirar. Las manos, en la foto sosteniéndose la una a la otra, tímidas, mostraban ahora sus palmas morenas, tocándose los muslos bajo la corta pollera celeste.

Recalde alzó la mano que ella le sostenía, y me la presentó como si yo no la conociera:

—Mi esposa —dijo.

Como chiste, era demasiado audaz, y debía provocar una sonrisa mucho menos discreta que aquella con la que Mariana me estaba saludando luego de más de veinte años de no vernos.

Nuestros flirteos en la adolescencia no pasaron de aproximaciones y miradas confusas; un papelito arrojado al vacío, y una sonrisa de agradecimiento cuyos mensajes encerrados ambos tuvimos pereza de descifrar. Ahora Recalde se estaba burlando de mí presentándomela como su esposa, estrujándole la mano como si realmente fuese suya.

—¿Cómo te va, Ismael? —me dijo Mariana, besándome en la mejilla sin soltar la mano de Recalde—. ¡Ay, disculpá, estoy toda transpirada!

—No importa, no importa —respondí con la mejilla húmeda.

Recalde nos invitó a pasar a todos a la casa.

Había dos baños. Ingrid y la Gerbaudo (Susana) pasaron a bañarse; Mariana les indicó el lugar y funcionamiento de los baños, y tomó asiento a mi lado, en el hall, donde se desparramaban en los sillones Recalde, Regueira y su esposa Alicia. Yo era el único que no necesitaba bañarse inmediatamente, pero la cercanía de Mariana me acaloró.

Recalde fue a buscar whisky y Regueira me preguntó a qué me dedicaba. Le conté del taller de reparaciones y se mostró realmente entusiasmado.

—¿Computadoras también arregla? —preguntó la pelirroja.

Y cuando negué amablemente, Regueira la increpó:

—Ya te dije que esa computadora la voy a arreglar yo.

Manuel Regueira, además del pelo, seguía manteniendo intacta su singular porción de valentía: la que se esgrime frente a los más débiles.

Recalde regresó con la botella de whisky y los vasos anchos, y comenzó a hablar de la casa. De los detalles de la construcción, los impuestos y la convivencia en el country. Yo miraba de reojo a Mariana, que asentía en silencio. De pronto, Mariana dijo:

—De noche, es como si estuvieras de vacaciones en un lugar desconocido.

¿Había estado ella de noche allí? ¿Cuándo? ¿Qué estaba pasando?

Primero salió Ingrid, y unos minutos después la Gerbaudo, dejándoles los baños a Mariana y Alicia. Ingrid ocupó el lugar de Mariana, y, algo entrado en el whisky, sentí sus caderas. Gerbaudo se sentó en una silla de madera frente a su pequeño novio. Por lo que decía, era psicólogo, y estaba explicando un centenar de fenómenos diversos con un solo argumento. No se me iba el mareo y no me desagradaba, entonces nos interrumpió un grito suave de Mariana, desde el baño:

—José Luis, ¿podés traerme el toallón rojo, por favor?

Tuve que pensar: definitivamente, son amantes. ¿Pero por qué no lo ocultan? ¿Y dónde está Silvia?

Cuando Recalde regresó del encargo (había entrado sin pudor en el baño donde se duchaba Mariana), me dijo:

—Vos dormís en la habitación de los chicos.

—No sabía que la invitación era con cama adentro —atiné a contestar.

—Dejáte de embromar —me dijo simpático—. Viniste en ómnibus, ¿viajaste dos horas para quedarte cuatro? Llamála a tu mujer y decíle que se venga. ¡Pero pagále un remís, amarrete!

Llamé a Delia, para decirle que llegaría al día siguiente. Me preguntó si necesitaba algo. Le dije: solamente que duermas bien. Me preguntó nuevamente, como si no me hubiera escuchado, si necesitaba algo; y estuve tentado de decirle que en unas horas estaba por allí, que ya salía para casa. No lo hice.

Fluctué un buen rato, sin escuchar una palabra de la conversación que se desplegaba a mi alrededor, entre el miedo por haber dejado a Delia sola y el enigma de Mariana. Cuando Mariana salió del baño, no vestida sino con una robe de chambre rosada y el pelo húmedo, me decidí, ya ni siquiera por el enigma, sino por ella. Por mirarla cuanto me fuera posible.

Salí al jardín con el vaso de whisky en la mano. Era la primera vez en dos años que una nube de distracción, de relajo, casi de placidez, hacía sombra sobre mi cabeza. Descubrí que tras la frontera de arbustos que cerraba el terreno de la casa de Recalde, aún con su equipo de jogging de plástico plateado, Silvia arrancaba las malezas del terreno de otra casa.

Busqué la puerta y salí, me acerqué a ella. ¿Le estaba haciendo un favor a una amiga?

Ya no me quedaba mucho lugar para preguntas lógicas.

—¿Y este jardín? —le pregunté.

Se sobresaltó al ver que le hablaba.

—Todavía no es un jardín, estoy tratando de que lo sea.

—¿Pero de quién es la casa? —insistí ya sin miramientos.

—¿De quién va a ser? —me dijo como una vecina de barrio—. Mía, de quién va a ser...

—Ah —dije—. Tienen dos...

—¿Dos qué? —me miró algo alarmada.

—Dos casas —dije. Y señalé la casa de Recalde. Silvia estaba cortando las malas hierbas con una gigantesca tijera.

La arrojó lejos, pero me miró con una cara que me dio más miedo que si la hubiese empuñado.

—No le debo nada —dijo—. Ni nada de lo que tengo es de él. Las joyas que me regaló no valen ni una lamparita de esta casa.

Se alejó a paso rápido en busca de la tijera. Creo que palidecí, y estoy seguro de que temblaba. Temí morir de esa sensación.

Pero de pronto recordé: era una simple sensación de malestar. Hacía dos años que no sufría por ningún motivo de tiempo presente. Me alegró saber que no iba a morir: ya estaba bien de muerte por los próximos cien años, no quería saber ni de la mía.

Me alejé, aún temblando, mortificado por el enojo de Silvia.

Entonces me dije, entrando nuevamente a la «única» casa de Recalde: «En esta semana que no nos vimos, se separó de Silvia y se casó con Mariana». ¿Pero todo tan rápido? ¿No me hubiera aclarado algo por teléfono?

Recalde había comenzado a preparar el fuego para el asado. Regueira lo molestaba arrojando palitos verdes que, con infinita paciencia, el anfitrión soportaba. El novio psicólogo de la Gerbaudo, Joaquín, hablaba con las mujeres de no sé qué tema con una copa de vino blanco en la mano. Yo me serví una de tinto y me acerqué.

—La noche de bodas es un clásico mito —dijo el tal Joaquín—. Esa noche no pasa nada.

—Más te vale ser la excepción —le dijo la Gerbaudo con una sonrisa que me atemorizó.

—Sin embargo la luna de miel es maravillosa —dijo la esposa de Regueira—. Manuel y yo la pasamos tan bien en Bariloche... ¿Y ustedes adónde fueron? —le preguntó a Mariana.

Y Mariana me miró. Fue un vistazo fugaz, como los que nos dirigíamos en la adolescencia cuando no estábamos seguros de querer ser vistos por el otro. Pero en esa mirada hubo una confirmación de mi sospecha de que algo no cuajaba. Ella no iba a contestar con naturalidad. Quizá fingiera espontaneidad, pero luego de haberme confirmado con la mirada rasante que aquello no era natural.

¿Y la pieza de los chicos? ¿Los chicos de quién?

—En Tahití —dijo Mariana, y me miró otra vez—. Dos semanas en Tahití.

Respiré. Ya no había más dudas: todo era una locura. Habían pasado menos de dos semanas desde que Recalde me presentara a Silvia como su esposa. O todo era un fraude perverso, con ribetes patológicos, y triangular, o bien, más probablemente, la lógica del mundo se había salido de su órbita, como tantas veces ocurría.

En mi agradable trabajo, cuando me traen un televisor para arreglar, me he acostumbrado a una tónica: no me pregunto qué causó el desperfecto sino que me digo «qué increíble que un aparato así pueda funcionar».

No deja de sorprenderme que un pedazo de vidrio pueda reproducir imágenes. Que ese artilugio se interrumpa, es natural. Lo increíble es que se renueve. Así inicio yo el arreglo de los aparatos que dejan a mi cargo. Uno nunca sabe por qué las cosas se rompen o se salen de su lugar, ni siquiera sabemos cuál es el lugar de las cosas.

Terminado el asado, al que lo único que le faltó fue moderación, alguien sugirió mate y facturas. En el hartazgo de comida, en la repulsión que sentí por esa propuesta, descubrí, otra vez, como cuando me había mortificado la reacción de Silvia, que las situaciones presentes recuperaban lentamente su efecto sobre mí. Algo me cansaba, algo me repugnaba.

Como fuere, el mate y las facturas aparecieron en la mesa; un mazo de cartas y me encontré jugando al truco con Mariana como compañera.

Las señas, las miradas, los «mohínes», nos llevaban, creo que a ambos, a una época pasada, feliz por lo despojada, en la que yo no había perdido ya todo lo que tenía por perder.

Se dice que en el deseo de tener hijos se conjuga el deseo de trascender, de trascender uno mismo en el tiempo. Pero desde la muerte de Julián mi vida se me antojaba más larga, infinita, estaba convencido de que yo nunca podría desaparecer, ni aun muerto.

Le ganamos a la pareja de Recalde y Alicia Regueira; Mariana y José Luis no jugaban juntos porque ella decía que le traía «yeta».

Terminado el partido, Recalde y Mariana dijeron que se iban a tirar a dormir una siesta. Los Regueira salieron a pasear «para conocer el country»; y me quedé, junto a los restos sobre las mesas, con la Gerbaudo, John Lennon e Ingrid.

Cuando Recalde y Mariana dijeron que se iban a dormir la siesta, me sentí en la infancia: cuando mis padres me hacían ver que a aquel sitio al que iban, yo no podía acompañarlos.

Intenté no sufrir.

«En el otro mundo», me dije, «en el mundo normal donde Recalde me presentó a su esposa Silvia, Mariana y yo seríamos distintos». Y al pensar «Mariana y yo» me dije, dolorosamente, que la había querido mucho, y que había llegado allí con el único objetivo de besarla por primera vez. Hasta ese extremo de perversión llegaba el hombre que acababa de perder a su hijo.

Por fortuna, el destino se había ocupado de frustrar mi extravagancia y me sentí cómodo, tan insípido como mis acompañantes. El novio de la Gerbaudo estaba explicando la naturaleza represiva del ocio en los countrys: «La gente cree que se divierte con cosas que deberían ser divertidas», decía, «incluso pueden llegar a "sentirse" divertidos, pero no se divierten». No era que yo no entendiera sus palabras, sencillamente no tenían sentido. La Gerbaudo lo detuvo en seco con un llamado a la razón: «José Luis dijo que podemos usar la pileta grande, la que está adelante, vamos». Y partieron de la mano (en realidad, la Gerbaudo arrastrándolo), dejándonos a Ingrid y a mí en compañía el uno del otro. Bajo los muslos de Ingrid, sentada en el largo tablón de madera, podían adivinarse sus cuartos magistrales de potranca madura; pero su cara, que era lo que se veía con claridad, no me resultaba un espectáculo agradable, y no tenía qué decir.

—¿Y a qué te estás dedicando? —me preguntó.

—Arreglo electrodomésticos.

—Ah, cierto. ¿A vos siempre te gustó eso, no? Desde el colegio...

—Sí —mentí. Sin embargo, ahora mi trabajo realmente me agradaba.

—Y a mí —dijo—. Aquí me tenés... a los cuarenta años, profesora de yoga con pocos alumnos y sin otra vocación.

—¿Ah, hacés yoga? —intenté demostrarle que me interesaba.

No me contestó con palabras. Se levantó, se apartó unos pasos y se paró sobre sus manos en vertical. Era un espectáculo prodigioso, parecía la torre Eiffel al revés. Ahora, que sólo se veía su nuca

ranspirada, sus brazos extendidos y su popa en ris-
re, daban ganas de pedirle que viviera así el resto
le su vida.

—Agarráme que me caigo —gritó.

Tuve que acudir corriendo y sus poderosas nalgas cayeron acolchadamente sobre mi cara. Reto-
nó la posición adecuada, cabeza arriba y pies aba-
o, manoseándome impudorosamente.

—Bueno, voy a descansar un rato —dije.

Ella caminó detrás de mí, pero antes llevó a cabo
un acto que me alteró: tomó una factura que había
obrado de la pitanza, la envolvió en el engrasado papel blanco, y la llevó consigo.

Entré en la pieza que Recalde me había indica-
lo, la de los chicos, e Ingrid entró tras de mí. Me
iré en la parte de abajo de dos camas marineras, y
ella, en lo que estimé un rapto de prudencia, se que-
ló sentada en una silla frente a mí.

La visión de la pieza era peligrosa. Un colgan-
e infantil, un póster del Pato Donald casi tridimen-
sional, y un holograma, efectivamente tridimensio-
nal, con el personaje de terror Freddy Krugger. Eran
adornos que se habían ido superponiendo a lo largo
le las distintas edades de los chicos. El colgante que
pendía del techo, barquitos de plástico y pequeños
planetas de cartón plastificado, correspondían a los
primeros años de vida. Entre los cinco y los diez
años, el Pato Donald debía haber tenido preemi-
nencia. Y Freddy, el monstruo, había llegado sin du-
la a los doce años. Ingrid me estaba mirando con
su rostro mamífero, resignada a no poder vivir en
vertical y con la certeza de que no era su cara lo que

al interlocutor le importaba. Como una confirmación de sus peores sospechas respecto de sí misma desenvolvió la factura vigilante y mordió un pedazo. Fue demasiado para mí. Cerré los ojos y sufrí un desmayo.

Cuando desperté, estaba encendida la luz eléctrica en el cuarto. Por la temperatura, bastante más baja que cuando me había acostado, supuse que sería de noche. Al girar mi cara hacia la derecha, vi un par de pantorrillas. Colgaban hacia el piso desde la cama de arriba, pertenecían a alguien que estaba sentado en el colchón de la cama de arriba. Sin pensarlo, agarré una. La dueña gritó asustada. La dueña de la pantorrilla y de la casa. Era Mariana. Bajó de un salto y quedó de pie junto a mí, que estaba acostado.

—¿Te despertaste? —dijo.

—¿Me desperté? —pregunté refregándome los ojos.

Mariana llevaba en una mano un diario, la otra la tenía cerrada.

—Sos el único despierto de la casa —me dijo—. Ingrid, Alicia, Susana y Osvaldo están durmiendo en sus piezas. Manuel y José Luis están en el sauna de la sede techada.

—¿Qué hora es?

—Las doce de la noche —me dijo sin mirar su reloj.

—¿Y vos que hacés acá? —pregunté sin ningún respeto.

Entonces Mariana abrió la mano y vi en su palma un pequeño pedazo de papel, viejo y hecho un bollo.

Miré su mano, miré el papel, miré su cara.

Cuando bajé la vista sobre ese papel, que me resultaba más que familiar, ominosamente familiar, ella dijo:

—Tomálo.

Tomé el bollito de papel.

—Abrílo —me ordenó.

Lo desplegué.

El papel tenía escrito, en mi vieja tinta azul: «1755».

No le pregunté «qué es esto», ni «de dónde salió». Resistí, en silencio, un golpe de melancolía, que soplaba también la vela del barco de mi hijo, trayéndolo por el río de la muerte, junto con las cosas que, por el dolor que nos provoca su pérdida, a veces nos preguntamos si no hubiese sido mejor no haber tenido nunca.

—Así que lo encontraste —dije por fin, recuperado—. ¿Cuándo lo encontraste?

—Nunca lo perdí —me dijo. Y en su voz intuí, por primera vez, una dosis de cinismo.

—El día de la evaluación lo habías perdido —dije.

—En esa evaluación me fue bien. Anoté la fecha del terremoto de Portugal: 1755.

—La supiste sin necesidad de mi machete —dije. E inmediatamente apareció en mi memoria, como un extra que atraviesa raudamente una escena principal, un recuerdo reciente: Recalde marcando la clave numérica de su cajero automático: 1755.

—Lo supe por tu machete —dijo Mariana—. Nunca perdí el machete. Lo recibí, lo usé y lo escondí.

—¿Pero cómo? —pregunté realmente asombrado—. Me dijiste que no lo habías encontrado...

—Te acordás de todo... —dijo.

—Me estoy acordando ahora —mentí.

—Yo me acuerdo —dijo señalando con la vista el papel—. Te mentí entonces. Te mentí —siguió— porque no quería deberte un favor tan grande. Tenía miedo de que me lo quisieras cobrar.

—¿Qué? —pregunté con horror—. Yo no soy así...

—Ya sé —dijo ella—. Ya sé. Yo era así. Me gustabas, y no quería deberte nada. Además, me gustaba el misterio.

—La verdad... —dije con una pena mucho más honda de la que podía expresar—, la verdad es que lo escondiste bien. Creí que el papelito nunca te había llegado.

La miré y supe que esa mueca de cinismo, el tono casi ebrio de sus palabras, cierta malignidad no eran nuevas.

—¿Dónde estuviste todo este tiempo? —me preguntó.

—No sé a qué te referís —contesté.

—Este último año y medio... dónde estuviste.

La pregunta fue tan directa que respondí sin pensar:

—Hace dos años y un mes murió mi hijo.

Mariana se llevó una mano a la boca:

—¿Tuviste un hijo? —preguntó.

—Tengo un hijo muerto —dije.

Mariana me tomó la mano. Se la retiré y me dejé caer sobre la cama.

Un rato después, habló nuevamente:

—Me extrañó que estuvieras sorprendido. «¿Dónde estuvo éste que se sorprende de mi boda con José Luis?», me pregunté. Se te veía en la cara. Estabas terriblemente sorprendido.

—¿Dónde estuve? Estuve en una confitería con Recalde y su esposa, Silvia, que vive acá en frente. ¿Qué es todo esto? ¿Cómo puede ser que se hayan casado hace más de dos semanas? ¿Y esta pieza, de qué chico es?

—Nos casamos hace un año. José Luis tiene dos hijos de su primer matrimonio.

—¿Es bígamo? —dije, por ponerle alguna palabra a mi desconcierto.

—No —dijo Mariana—. Tiene dos vidas pero no es bígamo.

Entonces supe que me lo iba a contar. Uno puede gozar del privilegio de confiar en la realidad hasta que se le muere un hijo.

Cuando el curso de las cosas es tan dramáticamente modificado, no nos queda más remedio que creer que el mundo es distinto de como siempre lo hemos percibido: pedimos una solución mágica porque mágica es la tragedia que nos ha acaecido.

Y Mariana no me defraudó:

—El cajero —dijo—. Le podés pedir al cajero automático que cambie tu vida. Cuando te pregunta «¿Desea realizar otra transacción?», tenés que apretar la tecla: «sí». José Luis y yo siempre nos quisimos. Desde el secundario. Por entonces, ya ves... (señaló con la vista el papelito) yo no hacía las cosas con claridad. Incluso después del secundario, bien entrada en la juventud, seguía escondiendo las cosas sin saber bien por qué. José Luis se casó por segunda vez cuando aún no había cumplido los cuarenta, y un año después de que se casó nos encontramos. El último año del secundario, y un año más, tuvimos un pequeño romance Nunca quise que supiera que estaba dispuesta a quedarme con él. Y sabes cómo es él. No está dispuesto a buscar. Si yo no quería, no tenía problemas en irse. Eso me gustaba. Y de hecho se fue Tuvo su matrimonio, sus hijos, su divorcio y su nuevo casamiento. Entonces, en una fiesta a la que me invitaron en este mismo country, nos encontramos. Él estaba casado con Silvia, y yo venía de separarme de una lamentablemente larga convivencia. Nos contamos nuestras vidas. Habló poco de su primer matrimonio y me contó cómo había conocido a Silvia acá mismo, en el country, porque ella vivía en la casa de enfrente. José Luis había comprado su casa en el country luego del divorcio, con vistas a descansar y a recibir a sus hijos.

»Silvia, su vecina también divorciada, se llevaba muy bien con los chicos. Me contó cómo Silvia había representado la calma y la compañía, era claro que no el amor. De esa charla, ambos salimos sabiendo dónde trabajaba cada uno. No hicimos ningún esfuerzo por no encontrarnos. Tampoco por detenernos. "Cómo me gustaría", me dijo José Luis en el final de un encuentro, "no haberme vuelto a casar". Le pedí al cajero que realizara la transacción.

»José Luis nunca se casó con Silvia. Luego de un breve noviazgo, y de incluso decirse que se casarían y juntarían las dos casas, él rompió para casarse conmigo.

—¿Cómo se pide? —la interrumpí.

—Simplemente, cuando me preguntó si deseaba realizar otra transacción, apreté *sí* y le ordené mentalmente que lo hiciera.

Esa noche, extrañamente, dormí. Fue en el viaje de regreso cuando pude pensar. Viajé en el asiento de atrás del auto de la Gerbaudo, pegado contra los muslos desnudos de Ingrid. Pese a que Ingrid friccionaba contra mí las dulces extensiones amarillas que brotaban de los bordes de su pantalón corto de tenis, yo pensaba en mis próximos pasos. Sin duda, el cajero contemplaba todo. Si Julián regresaba, sería en el contexto de que el accidente nunca había ocurrido; y Delia jamás sabría que alguna vez, en un pliegue de una vida, su hijo había muerto. Todo continuaría con la naturalidad de cuando la vida era natural: cuando Julián vivía. Tal vez incluso yo olvidaría.

Me dejaron en la puerta de casa e Ingrid superó todos los límites al despedirse besándome en la comisura del labio.

Por supuesto, no subí. Caminé directo hacia el cajero. Inserté mi tarjeta. Marqué mi clave. Me preguntó qué deseaba. Apreté la opción de retirar dinero. Pero me rechazó. Mi saldo era cero. Entonces, sí, me preguntó si deseaba realizar otra transacción. Dudé unos segundos y salí del cajero. Al día siguiente descubrí que me había olvidado la tarjeta en el cajero y no volví a buscarla.

El martes, Juan, con la sonrisa de un general que hubiese descubierto el plan perfecto para rescatar a los rehenes en manos del enemigo, mostrándome el casete me dijo:

—Funciona.

Impaciente, lo coloqué en el equipo que también habíamos arreglado (y por el cual el joven dueño no había vuelto a preguntar) y apreté *play*. No era un casete de música. Parecía un mensaje enviado desde el exterior por algún miembro de la familia. Esas cartas en casete que envían los parientes cuando ya hace un tiempo que están viviendo afuera.

Empezaba diciendo: «Me pareció mejor el casete que la carta. Cuando uno lee una carta, piensa en la voz de quien la escribe. Es increíble, por muy lejos que estemos, mi voz, grabada aquí, llega hasta ustedes como si estuviéramos al lado. El chiflete de la ventana de la cocina, del que les hablé en la carta anterior, sigue sin arreglo. En verano no molesta. Y en invierno, en realidad, basta con no pasar cerca...».

Después de este párrafo, la rotura de la cinta había hecho estragos. La cinta scotch permitía que el casette siguiera girando, y luego la voz se escuchaba más aguda, como si hablara un niño:

«El clima aquí es hermoso. Y hasta en el desierto da gusto pasear.

»¿Siguen ustedes saliendo a pasear los domingos? Por favor contéstenme que sí, así puedo recordar cosas que siguen haciendo. Un beso grande».

Rebobiné y apreté nuevamente *play*. Curiosamente, el simple hecho de querer devolverle al cliente su equipo arreglado, se transformó en una esperanza. Yo tenía la esperanza de que el muchacho viniera a retirar su equipo.

Índice